おっさんはうぜぇぇぇぇんだよ！って
ギルドから追放したくせに、
後から復帰要請を出されても遅い。
最高の仲間と出会った俺は
こっちで最強を目指す！ 3

おうすけ

ぶんか社

CONTENTS

第十七章　B級ダンジョンの洗礼

ハンスが捕まったことにより、俺の周囲も少しずつ落ち着きを取り戻していた。

サイフォンの王太子《おうたいし》襲撃《しゅうげき》事件から始まり、ハンスの暴走。

ハンスに襲われ、一時は本当に死にかけたが、俺は念願《ねんがん》の新しいスキルを手に入れることができた。

ハンスとの因縁《いんねん》も遂に終焉《しゅうえん》を迎え、俺は夢にまで見た冒険者としての活動を始める。

オールグランドから追放されてから、リオンとダンに出会ってギルドを作った。

たった3人の小さなギルドだったが、リンドバーグも加わりギルドとしても更《さら》に上を目指すことができる。

手に入れた新しいスキルと新たに加わった頼もしい仲間、俺は期待を抱いていた。

そのタイミングで新しく出現したB級ダンジョン。

それだけの条件が揃《そろ》っていれば、アタックを仕掛《しか》けるのは当然の流れだろう。

準備を終えた俺達は、B級ダンジョンの出入口へと向かう。

到着した時には多くの冒険者達がダンジョンの入り口に入っていく姿が見えた。

（よし、このダンジョンからは俺も冒険者として立ちまわるぞ）

数えきれない程ダンジョンに潜ってきた俺だが、今回は初めて冒険者としてダンジョンに挑む。

冒険者になりたいと何十年も願い続けてきた夢が叶《かな》い、初めて冒険者として挑むダンジョン。

普通なら張り切る状況なのだが、俺の装備は今までと変わらないポーターの基本装備だった。

冒険者として行動すると決めた俺だが、このダンジョンではリュックを背負いポーターとして参加している。

このパーティーでポーターができるのは俺だけというのがその理由だ。

見た目は何処《どこ》にでもいる普通のポーターだが、腰には自分専用の剣を装備していた。

今ではずっと魔物から逃げ回っていたが、これで俺も戦うことができる。

ほんの小さな違いだが、俺にとっては大きなことだ。

本音を漏《も》らせば、俺は浮かれていた。

剣を一本装備しただけなのに、夢にまで見た念願《ねんがん》の冒険者になれた気がしていたからだ。

「ひぇぇー、冒険者の数が多すぎる。こんなに人が居たら、魔物と戦闘になったとしても邪魔《じゃま》になったりするんじゃね?」

そう叫《さけ》んだダンの疑問は当然だろう。

初めてB級ダンジョンに挑む者は必ず思うことだった。

「このダンジョンは出現して間もないからな。出現を心待ちにしていた冒険者達が一気に殺到《さっとう》したってところだな」

「こんなに人が居て、大丈夫なのか?」

「心配するな。C級ダンジョンとB級ダンジョンは各フロアの広さ自体が違う。だからこの位の数なら邪魔し合うことはない。C級ダンジョンと同じように考えていたら痛い目を見るぞ」

「へぇー」

「ダン君、それにB級ダンジョンからは【試練の階層《フロアギミック》】があります。フロアギミックを初めて体験する冒険者は苦労するので、時間が経てばアタックを仕掛ける人数も減ってきますよ」

「リンドバーグさん、フロアギミックって前から聞いていたけど、どんなギミックなの？」

ダンの隣で話を聞いていたリオンが、リンドバーグに質問を投げかける。

「今回のダンジョンはまだ出現したばかりで、フロアギミックの階層まで到達した冒険者がいません。ですから確実な情報は出ていませんが、一般的なフロアギミックと言いますと、暑さと寒さですかね」

「暑さと寒さかぁ……私どっちも苦手だな」

リンドバーグはハンスによってA級冒険者として扱われていたが、本来はB級冒険者だ。

B級ダンジョンは慣れ親しんだ場所だった。

「それと余談《よだん》だが。B級ダンジョンにアタックを仕掛ける冒険者の殆《ほとん》どが、何処《どこ》かのギルドに所属しているんだ。野良《のら》冒険者でもB級ダンジョンにアタックを仕掛ける奴も少しはいたりもするが、割合でいえば一割にも満たないだろうな」

俺が補足情報を追加しておいた。

「あと……なんだかポーターの人が多い気がするよね。C級ダンジョンの時はあまり見かけなかったと思うんだけど」

俺の話を聞いていたリオンが気付いたことを口にする。

「よく気付いたな。俺達ポーターが必要とされるのは、このB級ダンジョンからだからな。B級ダンジョンにアタックする冒険者の目的は大きく二つに分かれるんだよ」

「目的？　ダンジョンの攻略が目的じゃないの？」

「そう。攻略を目的とする攻略組と、素材を集めることを目的とする捜索組《そうさく》の二つに分かれるんだ」

「捜索組？　魔石を集めるってこと？」

「魔石だけじゃないぞ。高値で取引をされている鉱石《こうせき》とか、各フロアに眠る特殊な素材などだな。B級ダンジョンからは素材を集めることも立派な収入になるんだよ。ほら、あそこのパーティーを見てみな」

俺が指差したパーティーにリオンが視線を向けた。

「あっ、ポーターさんが2人もいる」

「そうだ。長く潜れば多くの素材が手に入るが、持ち運ぶ手段がないと持ち帰れないからな。運搬《うんぱん》専用のポーターを連れていく冒険者もいるって訳さ」

俺達が出入り口前で待機している冒険者の横を通り抜けていくと、背後から刺さるような視線を感じた。

（やはりそうなるか……）

俺には一つの未来が見えていた。

その予想を胸に抱いたまま、俺達はそのままB級ダンジョンの中へと入って行く。

◇◇◇

B級ダンジョンの1階は森のステージ。

木々が生い茂っているので視界が悪く、魔物を見つけ辛いのが特徴だ。

そしてこの森に出現する魔物は、スパイダーと呼ばれている蜘蛛《くも》の魔物。

C級ダンジョンに出現する魔物より強いのは当然だが、現れる数もC級ダンジョンよりも多い。

スパイダーの体格は1メートル位で、力が強く冒険者に覆《おお》い被《かぶ》さると、無数に生えている牙で骨ごと噛《か》みついてくる。

「また出たぞ！　リンドバーグの右前方に3匹だ。ダンは一番後方の蜘蛛を狙え！」

「わかった！　一番後方の魔物を狙えばいいんだな」

俺の指示を受けて、ダンはスキルを使用する。

三本の矢を同時に放ち、一番後ろに居たスパイダーの胴体を貫《つらぬ》いた。

「リオンさん、私が右側の1匹を引き受けますので残りはお願いします」

「うん。了解」

前衛《ぜんえい》のリンドバーグとリオンは互いに役割を確認した後、魔物との戦闘を始めた。

リンドバーグは盾を使った堅実《けんじつ》な戦い方で危なげなくスパイダーを撃退《げきたい》する。

リオンも先読《さきよ》みのスキルを使い、余裕を持って自分が担当するスパイダーを倒していた。

もし何かあれば俺も参戦しようと身構えていたのだが、その機会はまだ先のようである。

集団で現れたスパイダーを殲滅《せんめつ》した俺達は、一旦小休止《しょうきゅうし》をはさみ体力の回復を図っていた。

メンバーが休憩《きゅうけい》している間に、俺は動かなくなった魔物の身体から魔石の抜き取り作業を行う。

魔石を抜き取られた魔物の身体は、そのまま灰となって崩れ去っていく。

「スパイダーの魔石を喰ったらどんなことができるんだろう？」

俺は抜き取った魔石を見つめながら、スパイダーの魔石を食べた時の自分を思い描いていた。

その時、少し離れた場所から冒険者の大声が聞こえてきた。

「そこの新人どもぉぉぉ！　おらおら、逃げろ、逃げろ。その場所にいたら死んでしまうぞぉぉぉ！」

すると反対側の方からも声が聞こえてきた。

「こっちも危ないぜ。死にたくなければ俺に付いてこい！」

両側の冒険者は走りながら近づいて来る。

そして俺達の少し手前で交差しながら、息を合わせた動きで九十度反転すると、そのまま並走《へいそう》するように逃げていく。

冒険者がダンジョン内の魔物を集めて、誘導する行為を魔物の一団《トレイン》と呼ぶ。

トレインは捜索組が効率を上げる為に実際に行っている狩りの方法の一つだ。

しかしトレインをした魔物を他人に押し付ける行為は危険で命に係わる。

なので冒険者組合が作成している規約《きやく》の禁止事項《きんしじこう》にもしっかりと記載されている。

だが現状は、やられた側は押し付けられたという証拠を提示することが難しく、泣き寝入りする場合が多い。

「やっぱり仕掛けてきたな。全員構えろ！　どうやら俺達は魔物を押し付けられたみたいだぞ」

状況を把握した俺は全員に声を掛けた。

「マスターまさかこれは洗礼《せんれい》ですか⁉」

リンドバーグは正解に気付いているようだ。

「そうだ。洗礼で間違いない！」

「洗礼？　ラベルさん、洗礼って何？」

「リオンも覚えておくといい。C級ダンジョンと比べてB級ダンジョンからダンジョンの価値が劇的に変わるんだよ」

「ダンジョンの価値が変わる」

「そうだ。魔物を倒して手に入れた魔石の価値や、ダンジョン内で採取できる素材の価値もC級ダンジョンと比べて大きく変わるんだ」

「うん、それで新人が現れたらどうなるの？」

「B級ダンジョンに新人が来た場合、ベテランが今回みたいに嫌がらせをしてくることがあるんだ。多分ダンジョンを捜索する人数が増えて、自分達の取り分が減るのが嫌なんだろうな？」

「それじゃ単なる嫌がらせってこと？」

「まぁ、そんなところだ」

リオンと話している間に、両側のスパイダーが近くまで迫って来ていた。

「俺達もあいつ等と同じ方向に逃げれば、仕掛けてきた奴らの仲間が隠れていて、俺達を助けてくれるのだろう。助けて貰《もら》ったら今後は頭が上がらなくなるって寸法《すんぽう》だ。よく聞く話だが、結構上手いやり方だよな」

「脅《おど》しのつもりだとしても、やることが小さ過ぎる。ラベルさん、魔物を全部倒して、あいつ等をギャフンと言わせてやりたい」

リオンにしてはアグレッシブな意見だった。

だけど俺もリオンの意見には賛成だ。

「なら決まりだな！　俺達なら大丈夫だ。襲ってくる魔物を殲滅するぞ。今回は俺もスキルを使用するから、お前達の援護は少し減るかもしれない。各自周囲を確認しながら連携をとって戦うこと！　いいな」

「「了解」」

手短に指示を出した俺は、ゲッコーの魔石を口に放り込み、腰に吊るしている剣を引き抜いた。

魔石を使えば体中に魔力が溢《あふ》れ身体能力も向上するので、リュックを背負ったままでも問題なく戦える。

目前までせまって来ているスパイダーを避ける為に、俺は近くの大木を駆け足で登り始めた。

一瞬にして数メートル程駆け上がると、スパイダーの頭上から剣を振りぬいた。

攻撃を仕掛ける場所はスパイダーの弱点である腰の部分。

俺は今までで数えきれない魔物を解体し、その身体から魔石を抜き続けてきた。

故にどこを狙えば一撃で倒せるのか？

魔物の弱点が何処にあるのか？

姿を見ただけである程度分かるようになっていた。

俺が剣を振り抜くと、スパイダーの身体は綺麗に引き裂かれていた。

胴体を二つに斬り落とされたスパイダーはそのまま活動を止める。

「たっ……戦えるぞ！　今の俺は魔物を倒すことができるんだぁぁぁ」

俺の顔は嬉しさのあまり、笑顔になっていた。

戦闘中に笑うなんて不謹慎極まりない。

必死に笑みを抑えようとしたがどうにも無理だった。

2匹、3匹と連続してスパイダーを倒した後、俺はリオン達に意識を向けた。

リオンは単独で戦っており、リンドバーグはダンを守りながら戦っている。

リンドバーグはギルドに加入したばかりで、まだ上手く連携《れんけい》をとることはできない。

しかしそのことはリンドバーグ自身も分かっていた。

動きを合わせて戦うのではなく、弓使い《アーチャー》のダンにスパイダーを近づけさせない立ち回りに徹《てっ》している。

「ダン君、大丈夫ですか？　私が君を守ります。なのでダン君は自由に攻撃して下さい」

「リンドバーグさん、サンキュー。んじゃ、俺は離れた魔物だけを狙うからさ」

リンドバーグはダンに近づくと、盾を前面に押し出した。

リンドバーグは左手に持つ盾で突っ込んでくるスパイダーを吹き飛ばし、バランスが崩れたところを丁寧《ていねい》に斬り付けていた。

その戦い方は、剣士の見本といった基本的な戦い方だ。

ダンはリンドバーグの行動範囲よりも外側にいるスパイダーに矢を放つ。

今の戦い方なら、リンドバーグが不意な行動を取ったとしても同士討ちの可能性は少ないだろう。

初めてにしては、十分過ぎる連携だ。

ダンには今日まで連携について教え込んでいる。

自慢している訳ではないが、俺は十年以上の期間をかけて全ての階級の冒険者パーティーや更には最高ランクのSS級パーティーとも行動を共にしてきた。

そこで身に付けてきた連携の基本を、初心者のダンに教え込むことができたのは幸運だった。

今のダンなら、全く話したこともない見知らぬパーティーに突然放り込まれたとしても、問題なく連携を取れるだけの実力は持っている。

「それに……自分ができることをちゃんと理解してそれをやる。リンドバーグの奴、解っているじゃないか」

リンドバーグの戦いぶりに感嘆《かんたん》した俺は賞賛《しょうさん》の声を上げていた。

俺は自分でも気づかないうちに、強く手を握りしめていた。

それはリンドバーグの加入が、ギルドにとって大きな力になると確信した瞬間だったからだ。

その後も津波のように押し寄せてくるスパイダーの群れを相手に、俺達は一歩も引くこともなく戦闘を続けた。

「これで最後だ。やっと落ち着けるな」

最後のスパイダーに止めを刺した後、俺は動きを止める。

「みんなも疲れただろう。もう一度休憩をしよう」

俺はメンバーにポーションを配った後、自分もポーションを飲みながらスキルを一旦解除する。

すると身体には戦闘中には感じなかった重い疲労感《ひろうかん》が襲ってきた。

どうやらスキルを手に入れてからの期間が浅い為、俺の身体がスキルの力に負けているようだ。

今後もスキルを使用することで、少しずつ身体も慣れてくるとは思うが、一から身体も鍛え直した方がいいだろう。

休憩中、俺が周囲を見回してみると30匹近いスパイダーの死体が転がっていた。

「俺達の為に魔物を集めてくれて、ありがとうな！　魔石は遠慮なく頂いていくぞ」

俺は見知らぬ冒険者に対して皮肉《ひにく》を口にする。

その後ポーションを飲み終えた俺は、魔物から魔石を取り出す為に死体へと近づいた。

その時、俺達に魔物を押し付けた冒険者達が、木陰に隠れ様子を窺っていることに気づく。

「どうやら、相手さんも姿を見せない俺達のことが気になっていたって訳か」

近くにいたリンドバーグに俺は冒険者の存在を告げる。

「敵情視察《てきじょうしさつ》といったところですか？　ですが今の状況を見れば、手を出した相手がどれほど危険か理解できたことでしょう」

「そうだな。リンドバーグの言うとおりだ。今後のこともある。二度と手出しをして来ないように、奴らに俺達の力を見せつけた方がいいだろう」

スキルを使用した後の疲労感から魔石を取り出す作業が遅れたのだが、俺達の強さをアピールする為には丁度《ちょうど》良かったかもしれない。

30匹のスパイダーの死体の真ん中で、優雅《ゆうが》に休憩を取る俺達の姿を見た冒険者達は、脱兎《だっと》のごとく逃げ出していた。

「あははは。なっさけねーの。逃げるなら最初から手を出してくるなって」

逃げ去る冒険者の後ろ姿を見つめながら、ダンが珍《めずら》しくまともなことを言っている。

俺達はその言葉を聞いて全員が吹き出して笑う。

洗礼を仕掛けてきた冒険者達が逃げ去った後、俺の元にリンドバーグが近づいてきた。

「マスターどうしますか？　トレインを仕掛けてきた相手を捕まえて抗議《こうぎ》を入れるのも手ですが？」

「いや、今回は様子を見よう。これ以上手を出してこないなら、無意味なことで時間を浪費《ろうひ》するのも勿体《もったい》ない。だけどまた何かを仕掛けてくるのであれば容赦《ようしゃ》するつもりはない」

「マスターがそう言うのなら……新人がトレインを仕掛けられたっていう話は、私も何度か聞いたことがあったんですが、まさか私自身が体験するとは思いませんでした。実際に喰らってみてわかりました。トレインは危険過ぎます」

「それだけ仕掛けてきた奴が屑《くず》だってことだな。だから次も手を出してくるなら、こっちもやり返してやればいいだけだ」

しかし、たった4人で30匹近い魔物を殲滅したインパクトは大きい。

仕掛けにしくじれば、その戦力が報復《ほうふく》として自分達に襲い掛かって来る。

普通の者ならリスクを考え、二度とちょっかいはかけてこない筈《はず》だ。

もし俺の予想を反して洗礼を仕掛けてくるのなら、それ相応の報《むく》いは受けて貰うつもりだ。

「では私は先ほどの状況をいつでも冒険者組合へ説明できるように、記録を残しておきましょう。仕掛けた相手の身体的特徴も今なら覚えていますし」

「悪いな。組合に報告するのもいいが、実際に痛い目を見て貰うのが手っ取り早い場合もある。この件は俺に任せてくれ」

今回の件は様子を見ることにした。

後は注意だけは怠らずに、食料がもつ限りB級ダンジョンに潜るだけである。

日帰りで挑んでいたC級ダンジョンと違って、広大なB級ダンジョンを攻略する為には長い日数が必要となってくる。

この先も上を目指すなら、魔物が出現するダンジョンの中で過ごす経験も積んでおかなければいけない。

今回のアタックはそういったダンジョン攻略の基本を、リオンとダンに体験させることが目的の一つでもあった。

◇◇◇

俺達はその後も1階層を突き進み、今は三度目の休憩を取っていた。

既にダンジョンに入ってから2時間は経過している。

B級ダンジョンの攻略の目安として、1日に2階層くらい進むことができれば十分だといわれていた。

たまに初見《しょけん》で1日に3、4階層も攻略していく冒険者も確かに存在するが、それは化け物の類《たぐい》だろう。

そういった化け物達だけが、S級冒険者へと駆け上がって行くのを俺はこの目で見てきた。

「さぁ、もう少しで煙玉《けむりだま》の効果が切れるぞ。準備をして再出発だ。今日は早めに2階層へ降りておきたい」

「マスター、今はフロアの中央付近位までは進んでいる筈です。後1時間か2時間位進めば2階層に降りる通路が見つかる筈です」

「リンドバーグの言う通りだ。みんなもスパイダーの魔物にも慣れたと思う。これからは行進速度を上げていくぞ！」

「うん、私は大丈夫だよ」

「俺も行けるぜ！」

休憩を終えた俺達は再び進行を始めた。

その後、何度も俺達はスパイダーに遭遇《そうぐう》して戦闘を繰り返していく。

現れた魔物の数は3匹、しかしこのスパイダーたちは無暗に近づこうとはせずに一定の距離を取ったまま様子を窺っている。

「ダン、狙えるか？」

「任せてくれ、こんくらい余裕だって！」

ダンが狙いを付けようとした瞬間、スパイダーが自身の尻をこちらに向け、先端部分から糸を吐き出してきくる。

その糸は強い粘着性があり、身体に触れるだけで簡単に絡めとられてしまう。

「蜘蛛の糸だ。みんな避けろ！　避けた後は、各自の判断で戦闘開始しろ！」

俺の指示に従ってメンバーは動き始め、短時間でスパイダーを殲滅する。

俺がアイテムで多用している【蜘蛛の糸】の原料はこのスパイダーだった。

なので糸の攻撃をしてくるのは当然だろう。

スパイダーを倒した後、魔石を取り出す前に製糸巣《せいしそう》を取り外しておけば器官《きかん》内で作られた【蜘蛛の糸】の原料が抽出《ちゅうしゅつ》できる。

捜索組が素材として集める時は、魔石を抜き取る前に必ずこの製糸巣も抜き取っていたりする。

ちなみに大きさも拳程度《こぶし》なので、その気になれば大量に持ち帰ることが可能だ。

「スパイダーの魔石か」

俺は確信に近い予想を思い描き、事前に手に入れていたスパイダーの魔石の一つを口に放り込んだ。

ちなみに、魔石をメンバーの了解なしで使用する許可は事前に取っている。

スキル発動後、手をかざしてみると指の一本一本から糸が飛び出した。

糸は任意に切れるし、太さや粘着《ねんちゃく》性能も自分の思い通りに調整することができた。

両手の指から糸を出し、重ねることでネット状の蜘蛛の糸が出来上がる。

また手のひらで極細《ごくぼそ》に調整した糸を丸めることで、投げやすく絡まりやすい高性能の蜘蛛の糸が完成した。

「やはり間違いない！　スパイダーの魔石さえあれば、今後は【蜘蛛の糸】を買わなくていいぞ」

蜘蛛の糸は高い商品ではないが使用頻度が高く、俺にとってはそれなりに痛い出費でもあった。

だがスパイダーの魔石さえあればギルドホームで、蜘蛛の糸の作り置きさえできてしまう。

俺は歓喜《かんき》に震《ふる》えた。

「みんな、見つけたスパイダーは全部狩りつくすぞ！」

「ラベルさん、どうしたの？　いつもよりテンションが高いよ？」

「何!?　蜘蛛を全部倒せばいいのか？　おっしゃーっ、なら俺に任せてくれ」

やる気に満ちた俺に感化《かんか》されリオンとダンも張り切り始めた。

その後、２階層に降りる通路にたどり着く迄《まで》の間に、大量のスパイダーの魔石を手に入れ俺は歓喜に浸《ひた》る。

◇◇◇

下層に降りる通路の傍で休憩を取った後、俺達は2階層へと進んだ。

2階層も1階層と同じ森のステージだが、雰囲気《ふんいき》は大きく変わっていた。

生い茂《しげ》っている木々が太く、高さも倍以上に高い。

きっと天井ギリギリまで木が成長しているのだろう。

その大木には横に長い枝が伸びており、周囲の光鉱石の光を一身に受け止めていた。

枝の隙間からスポットライトのように線状光《せんじょうこう》が地面まで伸びている。

その枝からは何本もの蔓《つる》が垂《た》れており、幻想的《げんそうてき》な雰囲気を醸《かも》し出していた。

初見だけで言えば、戦闘になったとしても2階層の方が戦いやすいと感じた。

「1階と同じ森のフロアだけど雰囲気が違いすぎるな。これは出現する魔物が変わっているかも知れないぞ」

「ラベルさん、前にC級ダンジョンを攻略した時は全部ゴブリンだったよね？　B級ダンジョンは各階層で魔物が違うのかな？」

リオンとC級ダンジョンに潜っていた時はダンジョンマスターまで同じ種族のダンジョンが多かった。

「ダンジョンが生き物と呼ばれている一つの理由として、ダンジョンはいろんな形態を持っているんだよ」

「うん」

「ゴブリンダンジョンのようにすべてが同族で固められたダンジョンの時もあるし、一層ごとに種類の異なった魔物が現れるダンジョンの場合もある。十個のダンジョンがあれば十個ともダンジョンの構成は違うって訳だな」

「そうなんだね。あっラベルさん！　枝の上に魔物がいっぱい!?」

リオンはそう言いながら指を差す。

指の先には横に伸びた枝があり、枝の上には俺達を見つめる魔物の群れが見える。

その魔物の姿は小型の猿《さる》だった。

「あれはフロッグモンキーですね。動きが速くて中々やり辛《づら》い小型の魔物です。いつも群れていますので、もし戦闘が始まれば仲間を集めて集団で襲ってきます」

リンドバーグが俺の代わりに魔物の説明を始める。

「対策として襲われる前に縄張《なわば》りから走り抜けることです。あいつ等は自分達の縄張りから出ないという変な習性《しゅうせい》がありますから」

「リンドバーグの言う通りだ。範囲攻撃ができない俺達のパーティーでは戦わない方がいい相手だな。2階層はできる限り戦闘を避けて進んでいこう」

不利な魔物と無理に戦う必要もない。

丁度良いことにフロッグモンキーが居るのは高木の枝の上である。

なので地上を素早く走り抜けている分には襲われることもない。

俺達は一気に走り抜け、ダンジョン内を突き進んでいく。

しばらく進んでいると、俺は誰かの視線を感じた。

視線を感じたのは、ほんの一瞬だった。

一瞬感じた視線は勘違いではなく、俺達は監視されていると俺の直感が告げる。

「全員止まってくれ」

俺の指示を受けて全員が立ち止まる。

周囲に魔物が居ないことを確認した俺は、メンバーに先ほど感じた視線のことを話した。

「どうやら俺達は監視されているみたいだ」

「私は気づきませんでしたが……私達にトレインを仕掛けてきた冒険者の関係の者でしょうか？」

「その可能性は高いが、このダンジョンに入っているB級冒険者は他にもいるからな。そう思い込むのは危険かもしれない」

「ラベルさん、それでどうするんだ？　次は当然捕まえるんだろ？」

「勿論そのつもりだ。だから今から罠《わな》を張る」

俺が罠の説明をした後、その場で煙玉に火を付け休憩を始める。

俺はスパイダーの魔石をそっと口の中に放り込みスキルを発動させた。

「糸は見えない程の極細！　強度と粘着性は最大に設定して糸を張り巡らす」

周囲の警戒を装いながら、俺は指先から糸を飛ばして周囲の大木に取り付けていく。

「準備完了だ。それじゃ行こうか」

そう声を掛けて俺達は再び走り出した。

しかし少しだけ走って、高木の陰に身を隠す。

「おいっ何だこれは!?　足に糸がへばり付いてやがる」

「俺の方もだ。しかもこの糸、取れないぞ」

「よし罠にかかったみたいだ。顔を拝《おが》みに行こうぜ」

俺達は木陰《こかげ》から姿を見せると、罠を仕掛けた場所へ舞い戻る。

そこには2人の冒険者が、糸を切ろうと必死に足掻《あが》いていた。

この状況を見て俺は確信する。

スパイダーの魔石は、工夫次第で様々な使い方ができる使い勝手のよい魔石だと。

俺達が戻って来たことに気づいた冒険者は諦《あきら》めの表情を浮かべていた。

仕掛けた罠に掛かった2人は初めて見る顔だ。

どちらも若い冒険者で顔は整っており、夜の街に繰り出せば、さぞモテることだろう。

俺達が近づくと流石《さすが》に焦《あせ》った素振《そぶ》りで手を動かし始め、媚《こ》びた口調で弁解《べんかい》を始めた。

「待ってくれ！　俺達はあんた達に手を出すつもりはない。本当だ信じてくれ」

「どうだろうな？　監視をして、隙《すき》があれば襲うつもりじゃなかったのか？」

「いやいやいや、それは間違っている！」

「どう間違っているって言うんだ？」

「新顔のあんた達がもし攻略組なら、倒した魔物をそのまま先に進むかもしれないだろ？　へへへ……もしそうなら魔物を処理《しょり》してやろうと思っただけなんだ」

冒険者の男はそう言いながら薄《うす》ら笑いを浮かべた。

「なるほどハイエナ狙いって訳か……仕方ない、今回は許してやる。でもな、ハイエナをやるにもルールがあるだろう」

「すまねぇ。まさか戻って来るとは思ってもいなくてな」

「ハイエナが悪いとは言わんが、ハイエナをやるならもう少し距離をとった方がいいぞ。あまり近いと襲われたと勘違いされて、反撃されても文句は言えんからな」

「あぁ悪かった。今後は気を付ける。俺は【ブルースター】って言うギルドに所属しているレクサスだ。んでこっちはプルート」

冒険者は自分達の自己紹介を始めた。

2人共、体格も良くバランスの取れた身体をしている。

レクサスの方は青色の長髪を後頭部で一つに束《たば》ねていた。

顔の造形《ぞうけい》も良く言葉も巧《たく》みで、女性にモテそうな雰囲気がある。

逆にプルートは銀色の短髪で、表情の起伏《きふく》は少ない。

レクサスと同等に美形であるので、2人が並んでいるだけで絵になるだろう。

俺は拘束《こうそく》されていた2人を解放しながら彼等の話に耳を傾ける。

2人が名乗ったギルド名を俺は知らなかったからだ。

俺が知らないのなら、今までB級ダンジョンに潜っていたリンドバーグは知っているかもしれない？

俺は確認の為に視線を送る。

リンドバーグは俺の視線に含まれた意図を感じ取ってくれたのだが、知らないとばかりに首を横に振っていた。

「ラベルさん、さっきから言っているハイエナって何？」

傍《そば》にいたリオンが俺に尋《たず》ねてきた。

「ハイエナってのは、魔物を倒したのにも関わらず、そのまま放置された魔物から魔石を抜き取る行為の俗称《ぞくしょう》だ」

「そうなんだ」

「俺は魔石を抜き取る行為もそれ程悪いことじゃないと思っている。倒したまま放置している魔物を処理しているだけだからな」

「うん」

「だけど、一部の者達からは命を掛けずに獲物だけを安全に手に入れる手法が卑怯《ひきょう》だと不評《ふひょう》を買っている。だからもっとも効率良く狩りをする動物ハイエナになぞらえて、ハイエナと呼ばれているって訳だ」

「お美しいレディ、俺達は攻略組が魔石を抜かずに放置した魔物を掃除する為に、魔石を取り出しているだけなんだ。だから悪いことはしていない。勘違いしないでほしい」

レクサスと名乗っていた冒険者がリオンに話しかけた。

しかしリオンはレクサスには何の反応も示さない。

「ラベルさん、魔石を取り除かずに放置することなんて本当にあるの？」

「B級ダンジョンなら結構あるさ。攻略組は攻略をメインに行動しているからね。効率を考えて上層は最速で突っ切ったりする。魔石を集めるのは高く売れる下層に入ってからが多いってことさ」

俺よりも速く、レクサスが先にリオンの質問に答えていた。

「ラベルさん、魔石を抜くと魔物はすぐに灰になるけど、魔石を抜かなかった魔物はどうなるんだっけ？」

（リオンの奴、完全に無視をしていな）

リオンの目にはレクサスが映っていないのではないか？　と勘違いしそうになる。

レクサスは必死にリオンへと話しかけているにも関わらず、リオンは完全に無視を続けていた。

流石のレクサスも二度の無視でダメージを受けているように見える。

２人のやり取りが面白くて、自然と笑みが浮かんだ。

三度目も割り込んでくるかと期待してみたが、レクサスの心は完全に折れて屍《しかばね》と化していた。

「時間が経てば魔石を取った後と同じように灰になるが、一日位は死体のままだな。だから灰になるまでの間に死臭《ししゅう》が周囲に広がり、他の魔物を呼び寄せることがある」

「たまに魔物が多く集まっていたりするのは、そういう理由だったの？」

「いろんな要因があるからな、全部がそうだとは言えないがそういう時もある」

「うん」

「危険な要因を一つでも減らす為にも、倒した魔物はできるだけ早く魔石を抜き取る方がいいだろう」

「レディ、今の説明でわかったかな？　俺達はダンジョンの掃除《そうじ》をしていたんだ。ダンジョンは冒険者にとって大切な稼ぎ場所だからね」

レクサスはそう言うとリオンにウィンクを飛ばす。

リオンは顔を背《そむ》けてそれを避けた。

レクサスのくだらないやり取りに見かねたのか？

もう1人の男が俺に話しかけてきた。

男の名前はプルート。

「正直に言えば、新顔のアンタ達が攻略組と捜索組のどちらなのかを見極める為に、後を付けていたんだ。それで一つ聞いてもいいか？」

プルートという男はレクサスと違って、無骨《ぶこつ》な雰囲気で騙《だま》し合いが得意そうには見えない。

しかし俺は不器用《ぶきよう》な男は嫌いではなかった。

「俺達に何を聞きたいんだ？」

「前回の繁殖期《はんしょくき》の時に辺境の村でオラトリオ《あんた達》が大活躍しただろ？　その時の情報によると2人の若い冒険者とポーターが1人だと聞いている。もしかして新しいメンバーが増えたのか？」

「へぇー、凄いな。俺達のような弱小ギルドの情報も知っているとは……お前の言う通り、メンバーは1人増えて今は4人だな」

「やっぱりそうか」

「後、俺達は攻略組だができる限り素材も集めるつもりだ。残念だが魔石が欲しけりゃ他の攻略組を当った方がいいぞ」

「その方がいいかもしれないな。つまらないことを聞いた」

「この位なら構わないぞ」

「Ｃ級ダンジョンの時とは、ダンジョンの攻略方法や冒険者の行動が全然違うんだね」

リオンは感心しながら呟いていた。

Ｃ級ダンジョンでは魔石を抜かずに魔物を放置することは殆どない。

人数が一番多いＣ級冒険者は、ライバルが多くダンジョン内で採取できる素材や魔石を根こそぎ回収していく。

「そうだな。野良冒険者が多いＣ級ダンジョンは、我流《がりゅう》でダンジョンに挑む者が多い。やはりギルド単位での攻略が主流となるＢ級ダンジョンとは大きな違いがあるな」

「ギルド単位で攻略……」

リオンはＣ級ダンジョンと全く違うＢ級ダンジョンに戸惑《とまど》っているようにも見えた。

けれど才能の塊《かたまり》でもあるリオンのことだ。

今回のアタックですぐに感覚を掴《つか》んでくれるだろう。

「そうだ俺達を見逃してくれるお礼として、一つ有益《ゆうえき》な情報を教える」

「有益な情報？」

去り際に言ったプルートの言葉に俺が興味を持つ。

「前回Ｂ級ダンジョンが出現した時の話だ。【デザートスコーピオン】って言う攻略組のギルドと【グリーンウィング】って言う捜索組のギルドが衝突して、死人が出たっていう噂《うわさ》だ」

「物騒《ぶっそう》な話だが、それは本当なのか？」

「詳しい理由は俺もわからないが、今も争っているらしい。だからその二つのギルドには近づかない方がいいぞ。最悪の場合、抗争《こうそう》に巻き込まれる可能性だってある」

「なるほどな、もし本当に死人が出たと言うのなら、冒険者組合にも報告している筈だ」

「死人が出たのは【グリーンウィング】の方らしい。まぁダンジョンでの話だ。死人が出たって言う噂も、どこまで信じていいかわからないがな」

「もしその噂が本当なら、確かに近づかないに越したことはないな」

俺はその後、二つのギルドのエンブレムを教えて貰う。

ギルドにはエンブレムを掲《かか》げる所が多い。

装備に刻《きざ》んだり、旗を作ってギルドホームに飾ったりしているので、冒険者のエンブレムを見れば所属しているギルドがわかったりもする。

余談だが、俺はあまりそういうことに興味がなかった為、オラトリオのエンブレムはまだ決めていなかった。

実力があるギルドと認められれば、エンブレムだけで無駄な小競《こぜ》り合いを避けることができると言う訳だ。

オールグランドに喧嘩《けんか》を吹っかけてくる馬鹿者はいなかったので、エンブレムの重要性をすっかり忘れてしまっていた。

今回の出会いで俺もネームバリューの大切さを再確認する。

それにしてもB級ダンジョンに潜った初日で、これ程いろいろなことに巻き込まれるとは思ってもいなかった。

2人が去り際に何故かリンドバーグを呼び寄せる。

リンドバーグが彼等の元に近づくと何かを渡していた。

リンドバーグは2人に向かって何やら文句《もんく》を言っていたが、2人は笑顔で手を振り去って行く。

「リンドバーグ、別れ際に文句を言っていたようにも見えたが何かあったのか?」

「マスター見て下さいよ。さっきの胡散臭《うさんくさ》い連中はやはり確信犯でした!」

どうやら一枚の紙を渡されたようで、その紙には情報屋という名前と各種料金が記載《きさい》されていた。

「情報屋か……なるほど。最初から俺達を調べる為に近づいたって訳だな。まぁそれ程、有用な情報は渡していないから大丈夫だろ」

「今回はそうかもしれませんが、油断をすれば足元をすくわれます。この後は気を引き締めて進みましょう」


攻略を再開した俺達は2階層で一夜を過ごした後、翌朝には3階層に突入する。

レクサス達と遭遇して以降、他の冒険者とは出会っていない。

他の冒険者達はもっと先に進んでいるのだろう。

今回のアタックでB級ダンジョンを攻略できるとは思っていない。

だから焦《あせ》らずじっくりとダンジョンを進んで行こう。

今回の目標は、10階層にある【試練の階層《フロアギミック》】をリオンとダンの2人に体験させることだ。

ダンジョンにアタックを仕掛ける以上は、フロアギミックと付き合って行かなくてはならない。

その為にも、このアタックで必ずフロアギミックを体験させてあげたかった。

◇◇◇

3階層に突入した俺達は、更に先の階層を目指して進んでいく。

リオンとダンは初めてのB級ダンジョンの筈なのだが、普段通りの動きができている。

その理由として、今日までみっちりとダンジョンでの立ち回り方を教えてきたことが大きい。

途中加入のリンドバーグもB級ダンジョンは慣れ親しんだ場所であり、俺が見る限り動きや連携に問題や迷いはなかった。

ダンジョンの1、2階層は森のステージだったが、3階層と4階層は荒野のステージに変わっていた。

俺達はダンジョンに潜っている筈なのだが、目に映る景色は地上にある荒野と同じだ。

空を見上げれば直視できない程のまぶしい光が降り注ぎ、つむじ風も吹き荒れている。

この階層に現れた魔物はファイアーマウスとキャタピラーと呼ばれる魔物だ。

ファイアーマウスは大ネズミとも呼ばれている。

身体の大きさは大型犬と同等で、実際に対峙した時の威圧感は意外と大きい。

動きは素早く口から火を放って攻撃してくるが、攻撃は直線的で冷静に対応すれば、特に苦労する魔物ではない。

そしてキャタピラーは身体を丸く曲げることで、背中の固い皮膚《ひふ》で身体を守りながら戦う魔物として有名だ。

そのまま転がりながら攻防一体《こうぼういったい》の攻撃で冒険者を襲う。

キャタピラーは一直線にしか動けないので、障害物に激突すると動きを一旦止めて相手に向き直す習性があった。

なのでそのスキを狙えば簡単に倒すことができる。

俺達は無難にそれぞれの階層を攻略し、新たに二種類の魔石を手に入れていた。

その後、5階層から9階層は再び大迷宮となっており、現れたのはゴブリンの亜種とブラックドッグの上位種であるブラックタイガーという魔物だ。

魔物は強くなっているが、戦い方が変わることはない。

難なく攻略を進め、俺は更に新しい魔石を手に入れる。

そして俺は休憩をする度に、俺は新しく手に入れた魔石を一つずつ検証し、魔石の効果を確認していく。

「大体分かってきた。C級で手に入る魔物の上位互換の魔石を食べた場合は、できることは同じでも魔力消費は大きくなる。しかし消費魔力が多い分、効果もアップするって感じだな」

ブラックタイガーやゴブリンの魔石を食べた俺は紙に効果を書き記していく。

「長い時間能力を使用したい場合はC級の魔石が効率的で、ダンジョンマスターなどの強敵と戦う時は上位の魔石を食べた方が戦いやすいと言う訳だ」

体力と魔力の消費も考え、休憩中に検証する魔石の数は一つだけと決めていた。

「ファイアーマウスの魔石は身体能力向上と火に手をかざしても熱さを感じないし、火傷もしない」

スキルを使いながら、俺はどんな場面でスキルが使えるのかを考える。

「キャタピラーの魔石は身体能力の向上と皮膚の外側が固く硬質化している感じだな。ダンゴムシって言えばいいのか？　キャタピラーの方は予想通りの効果と言う訳だ」

戦闘に使える魔石から、あまり使えなさそうな魔石と種類は豊富だった。

しかし一つだけ共通していることがある。

それは魔石を喰えば身体能力が向上してくれる点だ。

身体能力が向上してくれるというのは、高難易度のダンジョン攻略を目標としている俺にとって絶対に必要な力だった。

手に入れた全ての魔石の検証も終え、俺は使えそうな魔石を分類していく。

◇◇◇

B級ダンジョンに潜って今日で5日目。

俺達は順調に攻略を進め、フロアギミックが待ち受ける10階層にたどり着いた。

「みんな聞いてくれ。この下り坂を進んだ先はフロアギミックがある10階層だ」

俺は10階層に続く通路の前で立ち止まり、声をかけた。

「出現したばかりのダンジョンだから、俺もまだフロアギミックの情報を手に入れていない。なのでギミックを確認した後は一旦9階層に戻る予定だ」

「一旦戻るのかよ？　なんか邪魔くさいな」

「馬鹿野郎。フロアギミックを舐《な》めるなよ。手持ちの装備でギミックの対策ができるのであれば装備を整えてから挑む。今回用意した装備で対応できない場合はそのまま帰還《きかん》する。分かったな？」

「フロアギミックってラベルさんが言っていた。もの凄くヤバい階層のことだろ？」

「その通りだ。相当ヤバい所だから絶対に油断するなよ。ダン、お前が一番危なっかしいんだからな」

「わーってるって、俺も馬鹿じゃないんだから。無茶はしないって！」

「ダンの返事はいつも軽いのよ。もっとラベルさんの言うことをちゃんと聞いてから行動しないと」

「へいへい。リオンねーちゃんはいつもそれだ。それでフロアギミックってどんな感じだったっけ？」

「お前なぁ、何度も説明してやったのに……まぁいい、10階層に入る前にもう一度復習するぞ」

俺は復習を兼ねて、フロアギミック初体験の2人に説明を始めた。

「フロアギミックというのは、フロア全体が一つの試練となっている階層のことだ。それが身体を焼くような灼熱《しゃくねつ》の暑さの場合もあれば、逆に身体が凍《こお》ってしまう極寒《ごっかん》の場合もある。この二つはよく出てくるギミックだな」

「あっ、そんな話前にも聞いたかも」

ダンは俺の話を聞いて、以前説明したことを思い出したようだ。

しかし復習も兼ねて、このまま説明を続けた方がいいだろう。

「珍しいギミックと言えばA級ダンジョンにあったギミックで、フロア全体が巨大な湖《みずうみ》だったこともあったぞ。当然、水の中から魔物が襲ってくるからな」

「ひぇぇー、湖ってどうやって進めばいいんだ？　もしかして泳ぐのか？」

「その時は前の階層で木材を調達して、筏《いかだ》を作って攻略した。フロアギミックの数は無数にあって、どんなギミックが発生しているのか？　俺でも予想がつかないからな」

「フロアギミックの階層に到達するまでギミックが分からないってことかよ」

ダンも理解してくれたようだ。

「ダンがまともなことを言っている。ラベルさん危険だよ引き返した方がいい。きっと悪いことが起こるかも」

「リオンねーちゃん、流石にそれは酷いだろ～」

リオンはダンがまともなことを言い出したので、本気で驚いていた。

「ダンジョンの情報はギルドが公開しているし、冒険者達の噂話、後は情報屋からも手に入れることができるぞ」

「フロアギミックの対策はダンジョン攻略において最重要事項の一つと見られています。マスターも言っていましたが、このダンジョンは発見されたばかりなので、フロアギミックの情報はまだありません」

　2人に対し、リンドバーグがフロアギミックの補足説明を行う。

「まぁ説明はそんな所だな。それじゃ、今から10階層に入るぞ」

「うん」

「へへっ、楽しみだぜ」

「マスター、前衛は私が引き受けますので」

　フロアギミックに続く、下り坂を下りていく俺達は次第に大量の汗をかき始めた。

（この感覚は間違いないな）

　それは何度も体験したギミックだった。

「どうやら一般的なギミックだったな。これなら持ってきた装備でも対応可能だ」

「うへぇぇー、暑ちぃぃー」

「本当。凄く暑い。汗が止まらないし、息をするのも辛い」

「どうやら砂漠のステージのようですね。砂漠のステージでは【サンドワーム】と呼ばれる魔物が現れるかも知れません。地面に大きな穴を作り出して、冒険者を地中に吸い込むアリ地獄を発生させます。危険な魔物なので注意してください」

「リンドバーグの言うとおりだ。砂漠のステージには、サンドワームが出てくる可能性が高い。一度9階層に戻ってから、ギミックの対策をして戻ってくるぞ」

　砂漠のステージは見渡す限りの砂だ。

体感温度で言えば50度位はあるだろうか?

もちろんギミックの対策なしで進むのは自殺行為である。

砂漠は緩やかだが大きな起伏の地形で、その先を見渡すことはできない。

丘と呼べる砂山が幾つも存在していた。

そのうえ、歩くたびに砂に足を取られるので、重装備の冒険者にとっては辛いステージだろう。

遠くを見てみると景色は蜃気楼《しんきろう》で大きく歪《ゆが》んでおり、その暑さを物語っている。

俺達は9階層に戻り休憩をとった後、耐熱ローブを羽織る。

耐熱ローブは魔力を含ませた糸から作られたローブで、防御力は期待できない。

しかし一定温度までの熱を通さない効果を持っていた。

「このローブを着ていれば、砂漠の暑さを防ぐことができる。戦闘で破れる場合もあるが、補修すれば大丈夫だから遠慮なく言ってくれ」

全員が耐熱装備を着込み、再び10階層に舞い戻る。

「すっげー。全然暑くないじゃん!?」

「本当、これなら戦える」

「よし!　全員大丈夫そうだな。間隔《かんかく》は空けずに行進していこう。お互いに助けられる距離を保ちながら進むぞ」

「「はい」」

先頭をリンドバークが進み、そのすぐ後ろにリオンが続く、俺が中衛で遠距離攻撃ができるダンが最後尾に並ぶ。

しばらく歩いていると、前方の地面が盛り上がり始め、そのまま盛り上がりが俺達に迫って来るのがわかった。

「サンドワームが現れました。注意してください、襲ってきますよ！」

リンドバーグが叫ぶ。

「サンドワームは攻撃する瞬間にだけ地中から姿を見せる。その一瞬を見逃すな」

俺の指示を受けて、前衛の2人が左右に散開《さんかい》する。

リンドバーグの少し手前でサンドワームが地中から姿を現す。

サンドワームは3メートルを超える大きなミミズの魔物で、身体の先端の口に数えきれない程の牙を生やし大きな口を開いていた。

地面から生える柱のように飛び上がった状態から、リンドバーグ目掛けて急降下してくる。

リンドバーグは慣れた動きで、サンドワームの攻撃を軽々と回避してみせる。

サンドワームは再び地中に潜ると大きな音をさせながら俺達の周囲を走り回っていた。

「次出てきた瞬間を狙ってやるぜ！」

ダンはそう叫ぶと、弓を構える。

俺は注意深くその様子を伺った。

魔石を口に放り込み、ダンが狙われた時は俺が助ける準備を行う。

しかしサンドワームが狙ったのは再びリンドバーグだった。

リンドバーグの立つ地面から飛び出し、そのまま食らい付こうと飛び出してきた。

しかし地面の盛り上がり具合から攻撃を察知したリンドバーグは、華麗にサンドワームの攻撃を避けてみせる。

「喰らえー！」

その瞬間、ダンが矢を放った。

しかし放たれた矢はサンドワームのすぐ脇を通り過ぎていく。

「えっ、外れた？　嘘だろ⁉　俺、ちゃんと狙ったのに⁉」

俺が予想した通りの感想をダンが口にする。

「ダン、狙いが外れたのは暑さのせいだ」

「暑さのせい？」

ダンはまだ理解が追い付いていないので、説明を続けた。

「蜃気楼って知っているか？　空気の流れ自体が熱で歪む現象だ。当然、矢の軌道《きどう》も歪むからな。こういう気温が高いステージは弓を扱う冒険者は注意が必要だ。ダンも覚えておけよ」

「ふーん、なるほどそういうことか！　じゃあ歪む矢の動きを予測できればいいってことだな」

ダンは簡単そうに言っていたが、軌道を修正すること自体がどれほど難しいことかダンもすぐに気づくだろう。

ダンの攻撃を上手く避けたサンドワームだったが、出現ポイントを先読みしたリオンに待ち伏せされ、出てきた瞬間に頭を切り飛ばされる。

襲った冒険者の中に未来が見える天敵《てんてき》がいたことが、サンドワームにとって最大の不運だったようだ。

戦闘を終えた俺もスキルを一旦解除する。

そのまま進んでいると、リオンが後方の俺達に向かって叫びだした。

「ラベルさん、足元から襲ってくる！」

その瞬間、地面が歪み始めた。

地面の歪みは広範囲にわたり、歪みの中心部分では砂がどんどん地中に吸い込まれていく。

「アリ地獄か⁉　ダンも巻き込まれるなよ。アリ地獄の中央で、サンドワームがデカい口を開いて待っているからな」

アリ地獄とはサンドワームが使ってくるスキルの名称で、砂漠の砂を動かし冒険者を地中へと引きずり込む技の俗称だ。

俺とダンはアリ地獄が広がる前にその場から離脱を始める。

俺がダンに視線を向けると、ダンは三本の矢を器用に指の間に挟み込み構えを取っていた。

「狙いがズレるなら、攻撃を散らばせばいいってことだよな？」

ダンはそう言うと、三本の矢を等間隔に散らばしながら放つ。

三本の内二本はサンドワームの脇をすり抜けたが、最後の一本は大きく開けた口の中に吸い込まれていく。

そのまま矢はサンドワームを貫いた。

サンドワームは激しく暴れ、血を吐き出した後動かなくなる。

「やったぜ！　なるほどな、最初からこうやれば良かったんだな」

ダンは嬉しそうにはしゃいでいたが、俺もこれ程早くこのステージに対応できるとは思ってもいなかった。

やはりダンの素質の高さは一級品だ。

その後、倒したサンドワームの魔石と放った矢の回収を行う為に俺達は休憩を取ることにした。

日焼け防止の為、顔に塗るクリームと水分補給《すいぶんほきゅう》用の水を全員に手渡す。

俺は素早く魔石と矢を回収した後、仲間の元へと戻る。

その間に俺自身も忘れずに水分補給を行っておく。

そして待ちきれないといった感じで、先程手に入れた二つのサンドワームの魔石の一つを口に放り込んだ。

実は俺も新しい魔石を試したくてうずうずしていたという訳だ。

俺の予想なら身体が柔らかく軟体《なんたい》動物のような感じになると予想していたのだが、結果は大きく違っていた。

「まさか土を操れるっ⁉　へぇー、こいつは面白い」

サンドワームの魔石の能力は土を操れる能力だった。

しかし土を操れると言っても、自由自在と言う訳ではない。

今は時間をかけて直径1メートル程度のアリ地獄を作るのが精一杯で、それだけでも結構な魔力を消費していた。

しかし慣れればもっと上手く扱えるようになると、感覚的には理解していた。

検証を終え、消費した魔力はマジックポーションを飲んで回復させておく。

ここはダンジョンの中なので、いつ魔物に襲われるか分からない。

魔石の効果さえ判明すれば十分だ。

練習は地上に戻ってからすることにして、今は先に進むことにしよう。

◇◇◇

その後、何度も戦闘を繰り返しながら、俺達は危なげなく10階層の攻略に成功する。

ギミックの対策さえしっかりと行っていれば、階層の難易度は劇的に変化するのだ。

俺達はその後もアタックを続け、今は14階層に到達していた。

既にダンジョンに潜ってから1週間が経過している。

俺達の攻略速度は速くも遅くもない平均的で、俺達よりも先に進んでいるパーティーがいるのは間違いない。

俺の予想なら攻略の最前線は20階層、二つ目のフロアギミックまで到達している筈である。

ここで俺達が無理をしなくても彼等がダンジョンから帰還《きかん》すれば、20階層のギミックは判明するので今は焦る必要もない。

ギミックの情報を隠す冒険者もいると思うだろうが、フロアギミックの情報は高値で取引されている。

なので黙っていても必ず別の誰かが情報を売ってしまうのだ。

その理由は情報を売れるのは一番速いパーティーのみで、二番目では一銭《せん》にもならないからだ。

その結果、どのパーティーも金が欲しいが為に一秒でも速くフロアギミックの情報を持ち帰り、高値で売り抜く流れが一般的だった。

ちなみに一度でも嘘の情報を売った場合、その冒険者は嘘つきと呼ばれ信用を失う。

そして当然だが、それ以後は誰からも情報を買って貰えなくなる。

ダンジョンで金を稼ぐには、素材を集めたり、ダンジョンを攻略したり、そしてギミックなどの情報を売ったりと様々な方法が存在していた。

そしてダンジョン攻略以外の稼ぎ方で言えば、民間依頼の受注や薬草採取などがある。

◇◇◇

「この通路を抜ければ15階層だ。15階層を確認した後、俺は一度地上へ戻ろうと思っている」

「えー嘘だろ!?　ラベルさん、なんでだよ。俺はまだ全然疲れてないぜ。もっと進もうよ」

「うん、私もまだ大丈夫。もっと先に進んだ方がいいと思う」

この階層まで順調に攻略できていたこともあり、ダンとリオンが不満を口にする。

「2人共落ち着いてください！　マスターも我々がもっと先に進めることは解っています」

そんな2人を見かねて、リンドバーグが声をかける。

「ダンジョン攻略は進むだけでは成り立ちません。帰ることも考える必要があります」

「それはそうかもしれないけど……だけどよ。俺達が帰っている間にダンジョンを攻略されてしまうかもしれないじゃん」

「うん、そうだよ。みんな強そうだったし」

「それは大丈夫でしょう。初見でB級ダンジョンを攻略できたら、そのパーティーは化け物ですよ。C級ダンジョンと同じように考えているのであれば、全く次元が違いますから」

「そうは言ってもさぁ……」

「ダン君、新しい情報を集めて、しっかり準備を行えば次のアタックで必ずこのダンジョンを攻略できます。どうか私達を信じてください」

「そこまで言われると……あーっもぅ、分かったから。俺が間違っていました!!」

「私も調子に乗っていたかも。この階層に来るまでにアイテムもいっぱい使っている筈だし、全然そこまで考えが回らなかった」

流石はベテラン冒険者のリンドバーグである。

俺の意図を察したうえに、若い2人を諭《さと》してくれた。

俺達は以前、C級ダンジョンをたった5時間で攻略したことがある。

それは驚異的《きょういてき》な速さで、2人が天狗《てんぐ》になってしまう理由もわかる。

だが2人がもし、C級ダンジョンと同じ程度に考えているなら、間違いなく痛い目を見るだろう。

まずC級ダンジョンとB級ダンジョンでは階層の広さが全然違う。

各階層で広大なステージが広がり、そのうえ現れる魔物も強く数も多い。

肉体的、精神的負担はC級ダンジョンの数倍以上。

それに気づいた時には、回復アイテムも使い切り、魔物に取り囲まれている状態というのはよく聞く話だ。

俺達はこの階層に来るまで、特に苦戦することもなかった。

しかしそれはダンジョンを良く知る俺とリンドバーグが、2人を引っ張ってきたからだ。

ダンジョン内では何が起こるか分からない。

なので無理をすることが、最も危険な行為だと俺は考えていた。

「それと理由はもう一つある。実は最初から10日分の食糧しか用意していなかったんだよ。これ以上進むなら食糧は現地調達《げんちちょうたつ》するしかないぞ」

「現地調達!?　ダンジョンに私達が食べられる物があるの？」

リオンが驚きの声を上げた。

「あるぞ。これはいつか教えようと思っていたが、例えばここに到達するまでに森の階層があっただろ？」

「上層の方が森だったよね」

「そうそう、その階層に生えている大木に実っていた果実とかは食べられるな。森の階層以外にも各ステージで食べ物を得ることは可能だ」

「私全然知らなかった」

「ダンジョンでは何が起こるか分からないからな。食べられる物を知っておくのも大事なことだ。帰り道で見つけたら、お前達にも食わせてやるから覚えておくといい」

「ラベルさん。ありがとう」

リオンはダンジョン内の食べ物に興味が沸《わ》いたようだ。

俺とリンドバーグの説明を受けて、2人も帰還することに納得してくれた。

俺達は15階層を確認した後、今回のアタックを中断して来た道を引き返す。

行きと帰りでは、帰りの方が倍近く速く移動できる。

その理由は帰りの時は既にマップが完成しているので、最短ルートを突き進むことができるからだ。

道に迷うこともなく、出現する魔物も弱点もわかっている。

当然、時間は大幅に短縮されると言う訳だ。

それに一度マップを作っておけば、二回目のアタックでも使うことができる。

帰路の移動速度を実際に体験することで、地図を作ることの大切さを2人が実感してくれたのなら十分だ。

俺はダンジョン攻略において、地図の作成《マッピング》は重要な要素の一つだと考えている。

これからもその重要性を俺は2人に教えていきたい。

第十八章　デザートスコーピオンとグリーンウィング

帰還を始めた俺達は、2日を掛けて2階層まで戻って来ていた。

この階層は森のステージで、俺が2人に説明していた食べられる果実が実っている階層でもある。

ただ帰還するだけじゃなく、俺は食べられる果実を探しながら森の中を移動していた。

しばらく探し回っていると果実が実った大木を見つける。

俺は木に登り全員の分を採取すると、全員に手渡した。

手に入れた果実は生で食べられる果実である。

実演として俺が分厚い表皮をナイフで切り取り、中の白い実の部分を口に放り込む。

「こんな感じだ。ほらお前達も食べてみろよ」

「へぇー　旨《うま》そうじゃん」

ダンは器用に実を取りだすと、白い果実を口に放り込んだ。

「うげぇぇ。味がないって言うか、微妙に苦《にが》い……」

ペッペッと唾《つば》を吐き出しながら食べた感想を口にする。

「ダンジョンで食べられる物が存在するだけマシだぞ。味まで期待してどうするんだ」

リオンも顔を歪めながら果実を食べていた。

「不味《まず》いのは慣れるしかないな。でもこの果実は食べられるから、絶対に覚えておけよ」

「うん、わかっ……んっ⁉　ラベルさん冒険者が走りながら近づいて来るよ。気を付けて！」

果実を食べていたリオンが警告を発する。

「全員構えを取れ！　冒険者の襲撃なら躊躇《ちゅうちょ》するなよ」

全員が構えを取った数秒後、森の木々をすり抜けながら2人の冒険者が近づいてくる。

その2人は俺達の少し手前で急停止をする。

「すみません。助けて下さい。僕たち冒険者に襲われているんです！」

現れたのは、若い少年と少女だった。

背格好はリオンと余り変わらない。

少年の方は青いローブを装備しているので、魔法職だろう。

金色の綺麗《きれい》な髪を肩まで伸ばしており、初見では女の子と間違われる程の美少年だ。

もう1人の少女は少年とよく似た顔立ちで、こちらも一目で美少女と分かる。

少年と同じ肩まで髪を揃えているが、頭には緑色のリボンを付けている。

少女は弓を肩から下げているので、職業はアーチャーや斥候《せっこう》だろう。

俺は一瞬で現れた2人の特徴を見定めて行く。

その過程で、俺は少年たちの装備に刻まれたシンボルマークに気付いた。

（このマークは……？）

嫌な予感はしたのだが、リオンと年も変わらない子供が助けを求めて来ている。

放っておく訳にもいかない。

注意は怠らず、とにかく話だけは聞くことにした。

「冒険者に追われている？　やけに物騒な話だな？」

俺がそう告げた瞬間、2人を追って5人の冒険者が現れた。

「チッ、面倒くさいことになりやがって」

先頭の冒険者は俺達の姿を見て、頭をかきながら悪態《あくたい》をついていた。

「おい、お前達に警告してやる。俺達はその2人に用があるだけだ。巻き込まれたくなかったら、今すぐ何処かに行けよ」

「ラベルさん、どうするの？」

リオンが不安そうに声をかけてくる。

リオンの顔を見れば助けてあげて欲しいと訴《うった》えていた。

ダンも同じような視線で俺を見つめている。

俺は仕方なく、リンドバーグに視線を向けるとリンドバーグは大きく頷いてくれた。

「たった2人の子供を相手に大人が5人で追い回すのは、いい趣味と言えないな」

「こっちにも事情があるんだよ。関係のないお前達が首を突っ込んでも碌《ろく》なことはないぞ。それに別に殺そうって訳じゃない。ただ教育は必要だけどな」

先頭の冒険者は得意気に鼻を鳴らして笑う。

「そんなに目をギラつかせて、一体どんな教育をする気なんだ？　まぁ、予想はできるが……まったく胸糞《むなくそ》が悪い！　どうしても教育したいっていうのなら、今回は諦めて俺達のいない場所でやれ」

「なんだと？　もしかして俺達に喧嘩を売るつもりなのか？」

「喧嘩を売るつもりはないが、売られた喧嘩は買わせて貰うぞ！」

俺の一声をきっかけに、ダンが弓を構え、リオンとリンドバーグが抜剣《ばっけん》する。

俺は魔石を手に取り、いつでも口に放り込める体勢をとる。

俺達の行動に合わせて5人の冒険者達も抜剣し、互いに睨《にら》み合う。

そのまま1分程度の沈黙が流れた後、先頭の冒険者が剣を鞘《さや》に納めた。

「ふん、今回だけは見逃してやる。次、また俺達の邪魔をするのなら、その時は容赦しない。それだけは覚えておけよ！」

そんな捨て台詞《ぜりふ》を吐くと、俺達の前から去って行く。

俺は大きく息を吐《つ》いた後、安堵《あんど》してその場に座り込んでいる2人に声を掛ける。

「どうやら引いてくれたみたいだな。お前達も怪我《けが》とかはないか？」

俺はリュックからポーションを取り出した。

「そうそう、あんな危なそうな奴らに追われて、一体何をしたんだよ」

ダンが少年と少女に声を掛けた。

「すみません。なんか巻き込んでしまって」

少年の冒険者が申し訳なさそうに頭を下げてきた。

「僕の名前はハンネル・ブリューゲル。僕の隣にいるのが双子の妹のエリーナ・ブリューゲルです。

僕たちが所属しているギルドは【グリーンウィング】というギルドで、襲って来たのは【デザートスコーピオン】というギルドの冒険者達です」

「やはりグリーンウィングだったか……」

俺の予感は的中していた。

あの情報屋から教えて貰ったギルドとこんなに早く会ってしまうとは、俺は自分の運のなさを嘆《なげ》いた。

しかしこのままこの2人を放置した場合、この子達は帰り道にあの冒険者に襲われるかもしれない。

それでは助けた意味がなくなってしまう。

「まだあいつ等が周囲に潜んでいるかもしれない。丁度、俺達も帰ろうと思っていた所だ。外に出るまで一緒に行動しないか？」

なので地上に出るまでは一緒に行動を共にすることを提案した。

「いいんですか⁉　是非《ぜひ》お願いします」

2人はその提案に飛びついてきた。

やはり彼等も不安だったのだろう。

俺達は助けたハンネルとエリーナと共に、地上へと向かっていた。

帰りはリンドバーグが先頭を受け持ち、その後ろにリオンと双子の妹のエリーナが続いている。

リオンは同性で歳も近いエリーナと楽しそうに話していた。

俺は双子の兄のハンネルと並んで歩き、俺の後ろにはダンが周囲を警戒してくれている。

助けた2人に怪我はなく、大事になる前で良かったと思う。

そして帰還中、俺はグリーンウィングとデザートスコーピオンが敵対することになった理由を聞くこととなる。

ハンネルは話し方も穏やかで、素直な少年だと俺は感じた。

「僕たちグリーンウィングと襲ってきたデザートスコーピオンは現在対立しています。なのでデザートスコーピオンの奴らに見つかると、いつも追いかけ回されるんですよ」

「俺もそんな噂話を耳にしたが、どうして対立しているんだ？　聞いた話によれば死人が出たとか……血生臭《ちなまぐさ》い話もあるみたいだな」

「あはは、どうやら噂が一人歩きしているみたいですね。ご心配をかけました。確かに痛めつけられて怪我人は出ていますが、死人までは出ていません」

「それじゃ、対立している理由ってのは？」

一方からの話だけを信じるつもりはないが、話の流れ程度は把握《はあく》できるだろう。

「僕達、グリーンウィングは所属しているメンバーも10人しかいない小規模ギルドです。みんな家族のように仲が良くて、ダンジョンでは互いに助け合いながら素材を集めたりして活動をしています」

「捜索組のギルドって訳だな」

「そうです。そしてデザートスコーピオンはA級ダンジョンに潜っていた攻略組のギルドなんですが、どうやらA級じゃあ荷が重かったようで……最近、B級ダンジョンに戻ってきたんです」

ハンネルが話していることはよく聞く話だった。

B級冒険者パーティーがA級に挑戦して痛い目を見て、自分達の限界を知って古巣《ふるす》に帰る。

A級ダンジョンで活躍する上位冒険者の割合は、全冒険者で見て二割もいない。

管理ダンジョンを攻略する為には、実力は当然必要なのだが、実力以外にどんな逆境でも折れない強い精神力も必要だったりする。

一方、心を折られ挫折《ざせつ》した冒険者は古巣のB級ダンジョンへと帰るが、A級ダンジョンに挑んだというプライドだけは捨てきれずにいる冒険者が多い。

「それでどうなったんだ？」

「はい。最初は向こうから声を掛けてきて、それで一緒にダンジョンを潜ることになったんです。デザートスコーピオンは攻略組なので彼等が魔物を倒して、僕達が素材を集めるってことが決まりました」

これもよくある話だ。

違うギルドが一緒にダンジョンに潜り、効率良くダンジョン攻略を行う。

「結構素材も集まって、地上に帰ったんです。そして分配の話になったんですが、その時デザートスコーピオンの態度が豹変《ひょうへん》して、素材の殆どを力づくで僕達から奪い取ったんです」

当時のことを思い出したハンネルは力一杯拳を握り締め、悔しそうにしている。

「僕達も抗議したんですが、攻略組を相手に喧嘩をしても勝てなくて……そのまま……」

「そりゃご愁傷様《しゅうしょうさま》だったな。だけどそれはお前達にも責任があるぞ、人を見る目がなかったってことだ。授業料として素材は諦めるしかないと思うが？」

「僕達もそうしようと話し合ったんです。だけど話はそれだけは終わらなくて……」

よくある話だと思っていたが話はまだ続くようだ。

「その後、何も言わなくなった僕達を見下して、デザートスコーピオンの奴らが僕達に今後も自分達の為に働けと言ってきて、嫌がらせをするようになったんです」

「なるほど、弱腰を見せたせいで付け込まれたって訳だな」

「はい。いくら無視しても相手の方から近づいてくるんで、僕達も困っているんです」

要するにグリーンウィングは運が悪く、性根《しょうね》の腐《くさ》った奴達に目を付けられたという訳だ。

話を聞いた俺はすぐに対応策を告げた。

「今回の件は大手に頼んで、手を出さないように間に入って貰うのが一番手っ取り早い解決方法だな。自分達だけで対応しようとしても、実力は相手の方が上だからな。聞き入れて貰えるとは思わないことだ」

「わかりました！　一度マスターに伝えてみます。だけど僕達は大手のギルドと繋がりがなくて……助けてくれるギルドがあるかどうかが……」

「心配しなくてもラベルさんに言って貰えれば余裕だろ？　だってラベルさんってオールグランドのギルドマスターと大親友だもんな！」

話を聞いていたダンがニシシと笑いながら、余計な情報を与えてしまう。

「えっ!?　オールグランドって言えばこの国で一番大きいギルドじゃないですか!?　オールグラン

ドのギルドマスターって言えばSS級冒険者のカイン様ですよね？　そんな凄い人と大親友だなんて……」

ハンネルは口をあんぐりと開けて驚いていた。

しかし俺は初めて出会った、初対面の他人を助けるような善人でもない。

なのでこの問題にも関わらないつもりだ。

俺がチラっとハンネルに視線を向けてみると、予想通り助けてほしそうなキラキラとした視線を向けてきていた。

更にその横には妹のエリーナ、そしてリオンも一緒に並んでいた。

「ラベルさん、私からもお願いします。エリーナ達を助けて下さい」

リオンが俺に懇願《こんがん》してきた。

リオンとエリーナは年齢も近く同じ女性冒険者である。

移動中も仲良く話をしていたと思っていたが、2人はいつの間にか仲良くなっていたようだ。

確かに関係のないギルド間の争いに巻き込まれたくはないのは本当だ。

だから2人にいくら頼まれても動く気はなかった。

しかし頼んでくる相手がリオンの場合は話が違ってくる。

リオンは俺の大切な仲間であり、共に幾つもの死線《しせん》をくぐり抜けてきた。

更に死にかけていた俺を助けてくれた大恩人でもある。

（あの筋肉ゴリラに頭を下げるのは癪《しゃく》だが、こういう案件はスクワードに丸投げすれば上手く収めてくれるだろう……）

そんな結論を出した俺は頭を掻《か》きながら、大きくため息を吐く。

何だかんだ言っても、どうやら俺はリオンに弱いみたいだ。

「はぁ～仕方ないなぁ……ただし俺が動く前にグリーンウィングのギルドマスターにちゃんと話を通すのが条件だ」

俺は真剣な表情を浮かべてハンネルに告げる。

「それでギルドマスターが俺に任せてくれると言うなら、ギルドマスターと会って話をしよう」

「はいっ！　ありがとうございます」

その後、地上に戻った俺達は連絡方法だけを確認し、一旦別れることとなった。

たぶん手助けをすることになるだろうが、一方だけの情報で動くのも危険だ。

ハンネルが嘘《うそ》を言っているとは思えないが、俺の方でも今回の真相をちゃんと調べた方がいいだろう。

（リュックの中には便利そうなチラシも入っているしな）

あの2人はなかなか食えない冒険者だったし、一度依頼してみるのも悪くない。

俺はダンジョンで出会った2人組を思い返していた。

◇◇◇

地上に戻った後、俺はリンドバーグを連れてチラシに記載されている地図を頼りに【ブルースター】のギルドホームに向かう。

ブルースターとはダンジョンで出会ったレクサスとプルートが所属しているギルドで、チラシに書かれていることが本当なら情報屋とのことだ。

「マスター、情報屋に行くってことは……やはりグリーンウィングに手を貸すということですか？」

「まぁな、でも一方的な情報だけでは真実は見えないだろ？　俺達が動くにしても情報は多い方がいいだろう」

「わかりました。マスターがそう言うのなら、ですがデザートスコーピオンは攻略組のギルドです」

リンドバーグは立ち止まると、俺に話しかけてきた。

「そうだな」

「なのでギルドメンバーには血の気の多い冒険者が多いでしょう。動くなら我々もそれなりに覚悟が必要になるかもしれません。私は大丈夫ですが、リオンさんとダン君には対人戦闘は厳しいのでは？」

どうやらまだ若いリオンとダンのことを心配してくれたようだ。

しかしリオンとダンも対人戦は既に経験済みである。

もちろん危険な目に遭《あ》わせる気はないのだが、もし戦闘となったとしてもあの2人なら大丈夫だろう。

「リンドバーグが心配することもわかるが、たぶんそういう事態にはならないさ。今回の件にはスクワードを巻き込んでやろうと思っているからな」

そう言うと俺は笑みを浮かべた。

「リンドバーグは知らないだろうが、少し前に俺はオールグランドの問題に無理やり巻き込まれているんだよ。だから今回はその時の逆だな。スクワードを無理やり巻き込んだとしても文句は言わせないさ」

「なるほど、大幹部のスクワードさんですか!? 確かにあの人が仲裁《ちゅうさい》に入ってくれるのなら、この程度の小競り合いなら何事もなく収めてくれるでしょう」

リンドバーグもオールグランドを巻き込むと俺が言ったことで、固かった表情が解《ほぐ》れていく。

どうやら安心してくれたようだ。

俺達は移動を再開し、ブルースターのギルドホームを目指す。

「マスターここです。チラシにはこの建物だと書かれていますね」

リンドバーグは幾つもの建物が密集した場所の角、赤い外壁の3階建ての建物を指差した。

1階部分には大きめの扉があり、看板には【ダリアの酒場】と書かれている。

「この建物の2階がブルースターのギルドホームのようです。外に階段が見当たらないので、きっと建物の中に2階へ上がる階段があるのではないでしょうか?」

「それじゃあ、1階の酒場に入ってみるか」

俺達は酒場のドアを開いて建物の中へと入る。

室内は意外と奥に広く長いカウンター席と6人程度が座れるテーブルが六つ並べられていた。

昼間というのに20名近い冒険者が酒を飲みながら騒いでいる。

俺達が周囲を見渡していると、カウンターの女性も視線を向けてきて俺達の視線が合った。

俺はブルースターのギルドホームの入口を聞く為に女性の元へと向かった。

「いらっしゃい。空いている場所に座ってください」

声を掛けてきたのは、可愛らしいく愛嬌のある容姿の女性店員だった。

お酒を作りながら、俺達の注文を取ろうとしているようだ。

「いや、酒は今度にさせてもらうよ。忙しそうで悪いけど、ブルースターのギルドホームにはどうやって行けばいいか教えてくれないか？」

「ブルースターですか。奥に階段があるので、その階段を上がった場所がブルースターのギルドホームですよ」

「ありがとう」

俺はお礼を告げた後、女性店員にお礼としてチップを渡した。

そして彼女の指示通り、一番奥にある階段を上る。

階段を上がった場所は一本の廊下が伸びており、三つの部屋があった。

各部屋のドアには看板が付けられている。

最初の部屋の看板には【情報屋ブルースター】と書かれていた。

「ここで間違いないな」

俺は扉を開き中へと入る。

一見、部屋の中は無人のように思えた。

ただ隣の部屋との間の壁の一部に穴が開いており、穴の前にはカウンターと椅子が用意されている。

すると穴から女性の手が飛び出し、こっちに来いと手招《てまね》きを始めた。

どうやらカウンターの前に座ればいいみたいだ。

俺はカウンターの前に移動すると備え付けの椅子に腰を下ろした。

リンドバーグは俺の背後に立っている。

「いらっしゃい。情報屋ブルースターへようこそ。初めて見るお客様ですね。それで貴方はどんな情報が欲しいのですか？」

メイド服に身を包み、眼鏡を掛けた知的な雰囲気の受付嬢《じょう》が話しかけてきた。

「あるギルドの情報が欲しい」

「ギルドの情報ですか……どこのギルドの情報を知りたいのですか？」

「デザートスコーピオンっていうギルドなんだが」

「デザートスコーピオン……確かB級ダンジョンに潜っているギルドですね」

「あぁ、そこで間違いない。メンバーの構成などの詳細も頼む。それとデザートスコーピオンとグリーンウィングの間で何があったのか？　その辺りの情報も欲しい」

「わかりました。デザートスコーピオンの情報とグリーンウィングとの関係ですね」

受付嬢は営業スマイルを浮かべた。

「徹夜《てつや》で張り込みは、流石にきついぜぇ～もう身体が限界を超えて壊れそうだ！　決めた、俺はもう働かねぇ！　今すぐ寝るからな！」

「それが俺達の仕事なんだから、グダグダ文句を言うなって」

その時2人の冒険者が隣の部屋に入ってきた。

その声には聞き覚えがある。

部屋に入って来たのはレクサスとプルートだった。

すぐにレクサスは俺を見つけて近づいてきた。

「マジかよ!?　早速来てくれたんだな。ふははは、絶対に来ると思っていたけど、これ程早いとは思わなかったな」

レクサスは嬉しそうに話しかけてきた。

「堂々《どうどう》とチラシまで渡してきたんだ。自信はあるんだろ？」

「任せてくれ。期待以上の情報を用意してやるぜ」

レクサスは受付嬢が製作していた依頼表を手に取り、依頼内容を確認する。

「デザートスコーピオンの情報なら既にあるぜ。メンバーのリストと職業、半数だけど所持しているスキルも分かっているぞ」

「へぇ～スキルまで……それは凄いな」

「だけど、あんたが欲しがっている情報はそれだけじゃないんだろ？」

レクサスは口角《こうかく》を吊《つ》り上げ、分かっていると言いたげな表情を浮かべる。

「流石だな。あの後、俺達もデザートスコーピオンとグリーンウィングの争いに巻き込まれたんだよ。だから俺は真実を知りたい」

「そういうことか……分かった！　調べる時間をくれ。それに両ギルドの最新の情報も併せて集めてやる」

「おいおい。両ギルドってやけに張り切っているじゃないか？」

「そりゃそうさ。ここであんたの信頼を勝ち取れば、今後も贔屓《ひいき》にしてくれるだろ？　そうなればリオンちゃんに会える回数も増えるって訳だ」

「おいおい、本気で言っているのか？　リオンはまだ子供なんだぞ」

「あんたこそ何を言っているんだ。あんな美人が横にいて何も思わない方がおかしいと俺は思うぜ」

「俺からも一つ忠告しておいてやる！　お前のようなチャラい男がリオンに近づくんじゃない！　もしリオンに手を出したら俺が許さないからな」

俺はレクサスを睨みつけた。

レクサスは俺の睨みを全く気にしていなかった。

初めて会った時もそうだが、中々の胆力《たんりょく》を持っているようだ。

リオンに変な男を近づかせるつもりはないが、このレクサスと言う男の本質を俺はまだつかめていなかった。

「そう言えば、この件はリオンの頼みでもあるんだったな。おい、もし集めた情報が役に立った場合、お前が情報を集めてくれたってリオンに伝えてやるぞ」

なので一度だけ試してみることにした。

もう少し交流を深めて、このレクサスという男を知ってみようと思う。

「マジかよ!? よっしゃぁぁ！　おいプルートすぐに出るぞ！」

レクサスは椅子に座って休んでいたプルートの腕を掴み部屋から飛び出そうとしていた。

「お前は夜勤明けで、疲れているんじゃないのか？」

「何を言っているんだ。リオンちゃんの為なんだぞ。愛の為なら男は疲れ知らずさ」

「その愛に俺は関係ないだろ？」

「俺達って親友だろ？」

「ただの腐れ縁だ」

レクサスは嫌がるプルートを連れて部屋から出て行く。

「話はまとまりましたので、料金のお話に移ってもよろしいでしょうか？」

受付の女性は何事もなかったような素振りで話を進めた。

「今回は初回のご依頼なので割引があります。依頼内容から見積もりしますと金貨三枚です。前金として金貨一枚をお願いできますでしょうか？」

「わかった。金貨一枚だな」

俺は布袋から金貨を一枚取り出すと、受付嬢に手渡した。

「ありがとうございます。情報が整理出来次第、ギルドホームに使いを出します」

「よろしく頼むよ。俺達のギルドホームの場所は……」

「ホームの場所は結構です。既に分かっていますので」

受付嬢はすまし顔で答えた。

「流石だな。それじゃ俺達は連絡を待っているとしよう」

俺とリンドバーグはギルドホームに戻ることにした。

後はレクサス達が情報を集めるのを待つだけだ。

ただグリーンウィングのギルドマスターが手を出すなという可能性もある訳だし、俺が今動けるのは此処までだろう。

調査の結果が出るまでの間は特にすることもない。

時間があるなら、リオンとダンがB級ダンジョンに慣れるように、再びB級ダンジョンにアタックを仕掛けるとしよう。

◇◇◇

情報収集を行う前に、レクサスとプルートは装備を脱ぎ捨て私服に着替え始めた。

流行《はや》りの洋服に身を包み、髪型を少しいじるだけで2人の見た目は屈強《くっきょう》な冒険者ではなく、年相《としそう》応《おう》の若者へと生まれ変わる。

着替え終わった2人は何処から見ても街で働く青年であった。

変装を終えた後、2人が最初に向かった場所はとある酒場だ。

王都は広く、歓楽街《かんらくがい》や人が集まる所などが各所に作られており、数百を超える酒場が点在している。

その中から目的の情報を得る為に一番効率の良い酒場の選別は既に済ませていた。

到着した酒場には冒険者から一般の人まで、多くの人々が出入りを繰り返している。

2人も一般人を装いながら店内に入ると、すぐに行動を開始する。

「あんた達はA級冒険者なのか⁉　すげぇーな。俺に一杯奢《おご》らせてくれないか？」

「酒を奢ってくれるのか？　悪いな」

「いいって気にしないでくれよ。その代りと言っちゃなんだが、もし良かったら奢った酒がなくなるまでの間、ダンジョンの話を聞かせてくれないか？」

「あぁ、いいぜ。俺達がアタックしているA級ダンジョンの話をしてやるよ」

この流れは酒場ではよく見る光景だ。

娯楽の少ない一般人は興奮する冒険譚を求めて、酒場で冒険者を見つけると気さくに話しかけ、相手が嫌がっていなければ酒を奢り、冒険者にダンジョンの話をして貰う。

もし冒険者が嫌がれば、一言謝ってその場を去るのがルールだ。

冒険者にとってもタダで酒が飲めるうえに、自分やギルドの名前を売れるチャンスなので、機嫌良く話をしてくれる者が多い。

話す側としては大げさなリアクションを交え、盛《も》り気味で臨場《りんじょう》感のある話を語るのが礼儀《れいぎ》となっている。

冒険者は民間の仕事で指名されることもあるし、ギルド単位で依頼を受ける場合も多いので、一般人と言えども良い印象を与えておかなければならない。

冒険者にとって名前を売るのは大事な営業の一つだった。

「うひょー！　流石はA級ダンジョンだな。でもA級ダンジョンって相当な実力がいるんだろ？ついて行けない仲間とか出なかったのか？」

「そりゃ、ギルドメンバーの中でもついて行けない奴もいるな。仕方ないからB級ダンジョンで訓練してもらって実力を上げてもらうか、ギルドから出て行って貰うしかない」

「なるほど、そうなるのか。冒険者の世界ってやっぱり厳しいよな。最近で言えば誰かギルドを去った冒険者とかいるのかい？」

「最近？　そう言えば数ヵ月前にガインツがギルドから出て行ったよな？」

話をしていた冒険者は隣の仲間に視線を向けた。

「あぁ、俺はアイツのことが嫌いだったから、せいせいしたぜ。弱いくせに人が集めていた素材を盗みやがるからな。一度、現行犯で見つけた時は締めてやったが、言い訳ばかりしやがって、全く姑息《こそく》な奴だったぜ」

「へぇー　ガインツさんって人がいたのか。なぁ、もう一杯奢らせてくれよ。もっと話を聞かせてくれないか？」

「おっ悪いな」

レクサスとプルートは手分けをしてデザートスコーピオンのメンバーが所属していたギルドのメンバーから情報を得ていく。

3日をかけて情報を集めた結果、メンバーのスキル、人間性や性格、実力などの情報が集まり相手の戦力が丸裸となる。

次にグリーンウィングの情報も集めに動く。

しかし手に入ったのは今まで調べていた情報と同じで、目新しい情報は得ることができなかった。

その後、2人はデザートスコーピオンのメンバーがよく出入りしている酒場へと向かう。

店内でメンバーの姿を見つけると、二つ離れたテーブルに座る。

「プルート、スキルを頼む」

「任せろ【エリアバイブレーション】」

プルートがスキルを使うと2人が座ったテーブルの上から、声が響《ひび》く。

プルートのスキルは空間に干渉《かんしょう》できるスキルだ。

空気を響かせスキルの効果範囲内にある物体に影響を与えることができる。

ただ行使範囲が狭く、威力が弱いので人を殺したりはできない。

しかし数メートル先の相手の耳元で空間を振動させ鼓膜《こまく》を破ったりと、使い方次第でいろいろなことができたりする。

今回は相手が話す時に響く振動を感じ取り、自分達の前に再現させていた。

自分達にしか聞こえないボリュームで、2人はデザートスコーピオンの下らない話を何日も聴き続けた。

張り込みを始めて3日目、2人は遂《つい》に目的の情報を手に入れる。

「ひっひっひっ!! 今日は最高だったぜ。逃げ惑うグリーンウィングの奴等の姿が面白くてよ。狩りをしている気分よ！ こりゃ癖《くせ》になりそうだ」

「なんだ。俺の知らない所で遊んでいたのかよ。あまり無茶はするなよ、俺達の軍門《ぐんもん》に下った後は奴隷《どれい》のように働いて貰う予定なんだからよ。怪我でもされちゃ利益が減るんだよ！」

「心配するなっての！ ちょっとだけ痛めつけてやった程度だよ。家畜《かちく》の扱いは分かっているさ」

「それならいいが、あまり調子に乗りすぎるなよ」

「それにしても、俺達はツイてたよな。あんな日和《ひよ》ったギルドと出会えるなんてよ。パシリにしてくださいって言っているようなものだぜ」

「あぁ、お前の言う通りだ。仲良しこよしでダンジョンに潜れる訳がないだろ？ その考え自体が舐めているんだよ。俺達に使われて世間の厳しさを思い知ればいいさ」

デザートスコーピオンの会話を聞き終えた2人はそっと席を立つ。

2人は次にグリーンウィングが行きつけている酒場にも寄り、同様にメンバーの話を盗み聞きを行う。

話していた内容は、デザートスコーピオンに対する不満や悔しいという想いだけだった。

「ビンゴだな。これでグリーンウィングが一方的にデザートスコーピオンに襲われている事が判明した。後は集めた情報を整理してあの人に渡せば終了だ」

レクサスが凝り固まった肩をほぐしながら、プルートに話しかけた。

「調査を始めて今日で1週間。俺としては、何とか黒字で終われそうで良かった。今回の報酬は金貨三枚だろ？　フェリシアの話によれば、料金を告げた後に値切りもされなかったようだ。オラトリオは情報の価値をちゃんとわかっている。上客は大切にしないとな」

レクサスは依頼が終了したことで満足感を感じ、プルートは黒字で終われることに安堵《あんど》の表情を浮かべた。

2人はギルドホームに帰ると報告書の作成に取り掛かる。

互いに集めた情報を出し合い数時間かけて報告書を作り上げると、レクサスはスキップしながらオラトリオのギルドホームへ飛び出した。

「プルートは休んでいろよ。俺がしっかりと報告してくるからよ」

「やけに嬉しそうだな？」

「そりゃ、そうだろう。ギルドホームに愛《いと》しのリオンちゃんがいるかもしれないだろ？　もしいたら俺は絶対に運命を感じちゃうね」

「お前、絶対に馬鹿だろ？」

「恋愛に興味がないお前に、俺の熱い気持ちが分かってたまるか！」

「確かに恋愛には興味はないが、今のお前の姿が気持ち悪くて、オラトリオのリオンに嫌われる未来は予想できるぞ」

「ふん、恋愛が分からない引きこもりは、一生一人で生きていろ！　誰にも俺の恋路《こいじ》の邪魔はさせねぇからな」

「最後に忠告しておいてやる。絶対に暴走するなよ」

レクサスは部屋から飛び出して行く。

しかしレクサスの期待は粉々《こなごな》に打ち砕かれることとなる。

それはギルドホームにいたのがリンドバーグだけだったからだ。

レクサスとリオンの間には、まだ運命の赤い糸は結ばれていないようである。

リンドバーグに対して大きな声で舌打《したう》ちをするレクサスを見て、リンドバーグは理由が分からず困惑《こんわく》する羽目となった。

◇◇◇

ブルースターに調査を依頼して5日が経過していた。

今、俺達は二回目となるB級ダンジョンへのアタックを一旦終え、地上に向かって帰還している最中《さいちゅう》だ。

帰還途中に小休止を取っていると俺の傍にリオンが近づいてきた。

「ラベルさん、今回はもう帰るの？　前回はもっと長く潜っていたのに、どうして？」

リオンは俺の横に近づいてくと疑問を投げかけた。

リンドバーグには話していたが、リオンとダンには説明し忘れていたかも知れない。

「それはな、20階層にあるフロアギミックが判明したからだ」

「ラベルさんの言っていた通り、トップパーティーは20階層に到達していたってこと？」

「そういう訳だな。既にギミック対応の装備は注文しているが、装備が完成するまでは20階層以上は攻略を進めることができない。だから今回は無理をせずに戻ることにしたんだよ」

「そうなんだね」

「それにグリーンウィングの件も気になるからな」

「ラベルさん……」

「あの2人がギルドマスターと話をまとめて、ギルドホームに来るかもしれない。俺達が余り長くダンジョンにも潜っていたら、グリーンウィングを助けられないだろ？」

「ラベルさん、私が無理を言ったばかりに……何も考えてなくて本当にごめんなさい。このダンジョンは別のギルドの人達が攻略しちゃうかもしれないね」

　リオンはそう言うと、申し訳なさそうに頭を下げてきた。

「気にするな、あの2人を助けた時から巻き込まれるのは覚悟していたさ。それと誰かが攻略してしまうって話だけど、リオンの予想通りにはならないかもしれないぞ」

「えっ!?　本当？」

「情報によれば、20階層にある二つ目のフロアギミックが中々に手強いらしい。だから少々出遅れたとしても巻き返しは可能だと俺は考えている」

　リオンの固かった表情も少しは和らぎはじめた。

「リオンは覚えていないか？　俺達が今回ダンジョンに入る前にダンジョンの中から6人組の集団が出てきただろ？」

リオンは記憶を呼び起こしてみる。

「あっ、うん。装備もボロボロで疲れていた人達だよね？」

「そうだ。あのパーティーが攻略組の中で最後まで20階層で粘っていたパーティーだ。偶然だけど地上に出た所で固まっていたから、近くに寄ってみたらメンバーの1人が20階層から引き返したことを愚痴《ぐち》っていたからな」

「よかったー。でも一体どんなギミックなんだろう」

「手に入れた情報によると20階層のギミックは雪だ。20階層には一面の銀世界に包まれた極寒のステージが広がっているらしい。雪に足を取られて動き辛いうえに魔物が雪の中に潜んでいるみたいで、かなり苦労するみたいだぞ」

「10階層は暑かったのに20階層だと寒いって本当にダンジョンって変だよね」

「まぁな、でもこれがダンジョンってやつだな。規則性《きそくせい》なんてありゃしない。今回のアタックで集めた素材を売れば、注文した装備の補填《ほてん》にもなるし、短期間だけどいいアタックができたと思うぞ」

「うん、それなら良かった。私も頑張るね」

休憩が終わると俺達は地上に帰る為、再び最短ルートを進み始めた。

◇◇◇

その後、俺達が2階層の森のステージを抜けていた時、背後から付けてくる気配を感じた。

気配を感じ始めてからもしばらく進んでみたが、背後の気配が消えることはない。

俺は仲間に追われていることを告げると決めた。

「皆、どうやら俺達は誰かにつけられているみたいだ。相手が分からない以上、警戒はしといてくれ。リオンもスキルで分かり次第、声をかけて知らせてくれ」

「分かりました。注意します」

「うん、了解した。襲ってくるのが分ったら私が知らせるから」

「もし襲ってきたら、返り討ちにしてやろうぜ」

3人らしい返事を受けて俺も気合を入れ直す。

ダンジョンで冒険者に後を追われていいことだったのは一度としてない。

襲撃や強奪といった悪逆非道《あくぎゃくひどう》な行為が殆どだ。

本音を言えば鬱陶《うっとう》しいのでこちらから仕掛けたいが、そうした場合最初に手を出したのは俺達となる。

後で問題になった場合に話がややこしくなってしまう。

今、俺達にできることは素早く移動して追撃者を撒《ま》くか、相手が動くのを警戒しながら待つしかなかった。

しかしその時は、思いのほか早く訪れることとなる。

「ラベルさん、周囲に冒険者が！」

リオンの声を引き金に俺達は密集した後、それぞれが構えを取る。

現れたのは剣士や魔法使い、弓使いに斥候職といった感じの10名を超える冒険者達だった。

俺達から5メートル程離れた所で立ち止まると周囲を取り囲む。

今の状態から逃げ出すにはそれなりの覚悟が必要となるだろう。

1人の冒険者が俺の側に近づいてきた。

その冒険者は剣士で剣を抜いているが、今の所襲うつもりはなさそうに感じた。

その風貌《ふうぼう》には見覚えがあり、ハンネルとエリーナを追いかけまわしていた冒険者で間違いない。

「おい、久しぶりだな。俺達のことは覚えているか？」

「お前のことは覚えているが、俺達を取り囲んでどうするつもりなんだ？」

「もしかしてビビっちまったのか？　けっ、情けねぇな、おいっ！」

取り囲んでいる冒険者達は、それぞれが余裕の表情を浮かべながらヘラヘラと笑っている。

「俺はどうするつもりなんだと聞いているんだが？　襲ってくる気なら受けて立つぞ」

俺も剣を抜いて相手に向けた。

残りの手にはゲッコーの魔石を握り締め、何時でも飲み込める体制を取る。

「そうビビるなって、俺達はわざわざ忠告をしに来てやったんだぞ。グリーンウィングの奴等にはもう二度と関わるな！」

「なんだと？　何故お前に指示されなきゃならないんだ？」

「俺は忠告だって言ったんだ。俺の忠告を無視して、グリーンウィングと付き合いたければ付き合えばいいさ。だけどなそうなった場合は俺達の敵になるってことだ」

勝ち誇った表情と共に男の口角が吊上がる。

「教えておいてやる。俺達はA級ダンジョンを攻略していた攻略組だ。そんな俺達と抗争になれば一体どうなるかは……想像できるだろ？」

男は鼻をならしながら、舐め切った態度で脅しをかけてきた。

人数の差は倍以上なので戦闘になれば絶対に勝てるとでも思っているんだろう。

確かに普通の冒険者ならビビるかもしれないが、残念なことに今までSS級冒険者《バケモノ》達の中で過ごしてきた俺は何も感じない。

逆に俺は情報を一つでも引き出してやろうと考えている位だ。

「その件だが、お前達はグリーンウィングを一体どうしたいんだ？」

絶対的に優位な状況が男の口を軽くする。

「なぁに、俺達とグリーンウィングは以前から共同でダンジョンアタックをしていたんだ。今後も仲良く一緒にダンジョンに潜りたいだけさ」

「俺には体《てい》のいい奴隷にしたいと言っているようにしか聞こえないがな」

「へっへっへ、お前達は攻略組だろ？　俺達も不要な戦いはしたくないんでな。たった4人とはいえグリーンウィングの連中に、お前達が手を貸したりして調子づいて反抗《はんこう》されても邪魔くさいって訳だ」

男はへらへらと笑っていた。

「なるほど、攻略組の俺達がグリーンウィングに味方して、戦力を増強されるのが嫌だから手を引けと言っているんだな」

「一応、頭は悪くないようだな。今回は忠告だけだが、もしお前達がグリーンウィングの奴等と共に行動するなら覚悟しろよ。もう一度言うが俺達デザートスコーピオンのメンバーは、全員がA級ダンジョン経験者だ。自分の命が大事ならよく考えることだな」

そう吐き捨てると抜いていた剣を鞘に収め、仲間の冒険者に撤退《てったい》するように指示を出した。

その後は先頭の男の後に続き、デザートスコーピオンの冒険者はそれぞれ姿を消していく。

「ちくしょー、腹が立つ奴等だなー。ラベルさん、やっちまっても良かったんじゃねーの？」

ダンが面白くなさそうに愚痴をこぼす。

「ダン君、今の状況は私達の方が不利でしたよ。人数差も大きいし、周囲を囲まれてもいました。もしあの状態で戦っても誰かが大怪我をしている可能性は高いです。だからこそマスターも抑えていたんですよ」

「そうかもしれなけどよー。あいつ等そんなに強そうに見えなかったし」

ダンも文句は言っているが、ちゃんと状況は理解しているようだ。

その証拠として、本当に何も考えていないのだったら、さっきのやり取りの間ダンはどこかで口を出してきている筈だ。

「ラベルさん、エリーナちゃん達どうなるの？」

リオンは不安げな表情を浮かべた。

「デザートスコーピオンの様子から見ても、大分追い詰められているかもしれないな」

「そんな……」

「グリーンウィングの方から助けて欲しいと言ってこない以上、俺達から動く訳にはいかない。今回の騒動を自分達だけで収めたいんだろうが、相手は一度喰いついた獲物は絶対に逃がすつもりはないようだし、動くなら早い方がいいだろうな」

「エリーナちゃん、怪我してなければいいんだけど」

リオンの表情は曇《くも》る一方だった。

俺達はそのままダンジョンを脱出し、街に帰還すると最初にギルドホームに向かう。

ギルドホームは出発時と変わりはなく、手紙一枚も届いてはいなかった。

「俺達がダンジョンに潜っている間は誰も来ていないみたいだ」

「マスター、情報屋の方もまだのようです。進捗《しんちょく》を確認する為にもう一度店へ行ってみますか？」

「いや。急かせてもいい情報は得られないだろうし、今は待つしかない。今日から少しの間は誰かがギルドホームにいるようにしよう」

各自の分担を決めた後、俺達は解散した。

次のダンジョンアタックはフロアギミック対応の装備ができてからにするつもりだ。

それまでは各自準備期間と決めた。

◇◇◇

俺達がダンジョンから戻って来て2日後、情報屋のブルースターから報告書ができたという連絡が入ってきた。

情報屋のレクサスがギルドホームにまで伝えに来てくれたみたいなのだが、何故かレクサスに舌打ちされたとリンドバーグが困惑していた。

連絡を受けた俺は、リンドバーグと共にブルースターのギルドホームに向かう。

ブルースターのギルドホームにはタイミングも良く、レクサスとプルートの姿も見える。

俺の姿を確認した2人が報告書を持って近づいて来た。

「よぉ、待っていたぜ。ここじゃなんだから隣の部屋で報告書を説明させてくれ」

案内されたのは2階にある三つの部屋の一番奥の部屋だ。

室内は応接間となっており、豪華なテーブルとソファーが並べられている。

俺達は勧《すす》められたソファーに腰を下ろした。

テーブルを挟んだ向かいにはレクサスとプルートが座り、俺に報告書を手渡してきた。

渡された報告書の中にはデザートスコーピオンのギルドメンバーの情報や性格、前のギルドを去った理由なども書かれている。

ページを捲《めく》っていくと、グリーンウィングのメンバーの情報も記載されていた。

そして今回の抗争は、デザートスコーピオン側からグリーンウィングに対して仕掛けていると書かれている。

「やっぱり、予想通りだったな」

「調査の結果、デザートスコーピオンが一方的にグリーンウィングに対して攻撃をしかけている！グリーンウィングは被害者で間違いない」

「それにしても、デザートスコーピオンのメンバーはクズばかりだな。クズが集まって何をやるかと思えば、自分達より弱い者をいたぶってタダで働かせようなんて」

俺は怒りを覚え、このクズ野郎共の思い通りにはさせないと誓う。

「これで俺達の仕事は終わりだ」

「そうだな、とても良くできた資料だったよ。これは料金の残りだ。受け取ってくれ」

依頼の終了を告げてきたプルートに俺は残金を渡した。

「悪いな。これからも頼むぜ。あんたの所の依頼は最優先でこなさせて貰うからよ」

レクサスは調子のいい感じで俺にアピールしてきた。

「こちらこそ、また頼むよ。場合によってだが、意外とすぐに頼むかもしれないかもな」

レクサスに向けて俺はそう言い返すとソファーから立ち上がり、報告書を持ってギルドホームへと帰る。

ギルドホームに到着してみると、留守番をしているリオンとダンが誰かと話していた。

話している人物はグリーンウィングのハンネルとエリーナ、そして初めて見るエルフの美しい女性だ。
女性の頭部には包帯《ほうたい》が巻かれていた。

第十九章　グリーンウィングの反撃

俺とリンドバーグがギルドホームに戻って来たことに気付き、全員が座っていた椅子から立ち上がる。

いずれ来るだろうとは思っていたので、驚いたりはしなかった。

そのままリオン達の方へと進む。

「ラベルさんっ!?　エリーナ達が！」

「分かっているから、後は俺が話す」

話しかけてきたリオンを静止すると、俺はハンネル達へと視線を向けた。

まずはハンネル達の話を聞いてみるつもりだ。

俺は大きく息を吸い込み、第一声を発した。

「ハンネルよく来たな。そちらの人は？」

「はいっ、ご紹介します。この人はフランカ・ヴェーダといいます。僕達が所属するグリーンウィングのギルドマスターです」

ハンネルの紹介の後、エルフの女性が頭を下げてきた。

グリーンウィングのギルドマスターはエルフの女性でとても美しい人だ。

その表情や仕草からも優しさがにじみ出ており、冒険者を率いるギルドマスターだと言われてもピンと来ない印象を受けた。

「ご挨拶が遅れてすみません。フランカ・ヴェーダと申します。ハンネルとエリーナが助けて頂いたにも関わらず、今日までお礼も言えずに申し訳ございません。遅くなりましたが、2人を助けて頂きありがとうございました」

「オラトリオのギルドマスターのラベル・オーランドです。助けたと言う程でもないから気にしないでください。それで今日ここに来た理由は、お礼を伝えるだけじゃないと思いますが？」

相手はギルドマスターなので、俺も普段の言葉遣《づか》いはできない。

「ハンネルからラベル様のことは聞いています。今回はお願いがあって来ました」

「お願い？　それはデザートスコーピオンとグリーンウィングの間で起こっている抗争の件ですか？」

「はい。実は私達はデザートスコーピオンから一方的な攻撃を受けています。自分達だけで対処しようと思っていたのですが、戦力差が大きすぎて泣き寝入り状態となっています」

「そういう状況で俺の所に来たってことは、ハンネルに提案したように、俺の知人に助けを求めると言うことでいいのでしょうか？」

「いいえ、そこ迄ご迷惑をお掛けする訳にもいきません。今回は冒険者組合に動いて貰おうと思っています。ギルド間で発生した抗争の仲裁《ちゅうさい》も冒険者組合は行っていますので、そこで処罰《しょばつ》して貰って私達に対する攻撃を止めて貰うつもりです」

俺の予想を外し、グリーンウィングのメンバーは今も自分達で解決するつもりのようだ。

確かに冒険者組合は、ギルド間で発生した抗争を仲裁したりもしていた。

仲裁は抗争中のギルドのどちらかが申請書を提出し、申請の内容が認められた後だ。

両ギルドの代表と組合の担当者の3人が集まり、話し合いにより抗争を終わらせるのが基本だが、どちらかが一方的に悪い場合は罰則や処罰も言い渡されたりもする。

また申請がなくてもギルドが仲裁に入る場合もあった。

それは死人が出た時や第三者に被害が出始めた時である。

死人が出た時や第三者に被害が出て動くのは遅いと思う人もいるだろうが、正直に言えば申請がなければ冒険者組合も数多く存在するギルド間で抗争が行われていることに気付かないということだ。

なので仲裁申請さえ提出されれば冒険者組合はちゃんと動いてはくれる。

「それでラベル様にお願いがございます。仲裁申請の記載事項に第三者の目撃証言というのがあります。ラベル様にはお手数ですが目撃者として冒険者組合に報告して欲しいのです。第三者の証言がある方が組合の動きが早いと聞いていますので」

「俺に証言者になって欲しいと？」

「はい。デザートスコーピオンは用心深く、他の冒険者が居る前では露骨《ろこつ》に攻撃を仕掛けてきません。なので証言を頼めるのはオラトリオの皆様位しかいないんです」

フランカさんはもう一度、頭を深々と下げて懇願してきた。

協力するのはいい。

しかし冒険者組合に仲裁して貰うとしても、今から行動を始めて間に合うとは俺には思えなかった。

俺がそう思った理由はフランカが頭部に巻いている包帯を見たからだ。

「そう言えば頭に包帯を巻いていますが、それもデザートスコーピオンにやられた怪我ですか？」

「えぇ、先日も襲われてしまいまして、治療は済んでいますが、治療師に完全に治るまで巻いていた方がいいと言われまして」

今の俺には情報屋から手に入れた情報で、デザートスコーピオンのメンバー達が行って来た悪行を知っている。

更に実際に俺達が襲われた時に、どんな手を使ってでも獲物を手に入れるという執念《しゅうねん》深い性格を感じ取っていた。

俺がハンネルと初めて出会った時、ハンネルに伝えた解決方法はあくまでも手っ取り早い方法だ。

武力で攻めてくる相手に対して武力の力で抑え込む、デザートスコーピオンのようなチンピラ共には有効な手段だと思ったからだ。

一般的な解決方法としてなら、フランカさんが言うように冒険者組合に仲裁をして貰うのは正解だろう。

行為が認められれば、相手ギルドに対して活動禁止や罰金などの処罰を与えることができる。

ただ時間がかかるのが難点だった。

「俺としては証言するのは全然構わない。いつでも冒険者組合に赴《おもむ》き証言させて頂きます」

「本当ですか⁉　これでギルドは助かります。本当に……ありがとうございます」

　フランカさんの顔には安堵《あんど》の表情が浮かび上がり、流れる涙を拭う。

　俺はフランカさんに幾つか質問をしてみることにした。

「だけど聞いて欲しい話があります。実は先日デザートスコーピオンの連中に俺達は襲われているんです」

「えっ⁉　それはどういうことですかっ⁉」

「グリーンウィングとの問題に手を出すなっていう脅しだけでした。誰も怪我をしていませんので気を病む必要はありません」

「ご迷惑をお掛けしたようで、本当に申し訳ございません」

「それは大丈夫です。ですが既に怪我人まで出ているうえに俺達にまで粉をかけてくるそんな状況下で、悠長《ゆうちょう》に冒険者組合に申請を出していて、本当に大丈夫だと思っているのですか？」

　フランカさんはグッと歯をかみしめた。

　どうやら俺の言いたいことが分かったみたいだ。

「それに冒険者組合がすぐに動いてくれるとも限らない。その間にまた襲われる可能性の方が高いと俺は思います」

　俺がオスマンに直接話せば、それなりに速く動いてくれるとは思う。

　だが冒険者組合が仲裁に入った位では、デザートスコーピオンは止まらない筈だ。

「なら冒険者組合が仲裁してくれるまでの間、活動をC級ダンジョンに移すのはどうでしょう。B

級ダンジョンから離れれば、デザートスコーピオンも追っては来ない筈です」

「俺の見解ですと、C級ダンジョンに移動したとしてもアイツ達が素直に見逃してくれる気はないと思います」

「えっ？」

「よく考え下さい。関係の薄い俺達に、わざわざ正体を明かして脅しをかけてくる位です。デザートスコーピオンは何としてもグリーンウィングを手に入れるつもりでしょう」

「では、どうすれば⁉」

フランカさんはどうすればいいかわからず、困惑した表情を浮かべた。

ここまで大事《おおごと》になっているのだ。

冒険者組合に仲裁を頼んだだけで抗争が終わると思えない。

自分の考えが甘かったことを悟り、急に不安を覚えたフランカさんの指先は震えだしていた。

現状が理解できた所で、俺は新しい提案を行うことにする。

俺としても、グリーンウィングのことを助けたいと思っていた。

なので助ける方法も既に考えている。

「そんな状況下でグリーンウィングが選べる選択肢は三つあります。その中で一つを選ぶ必要あると俺は考えています」

「三つの選択肢……」

「もし、どれも選べないと仰るのなら、デザートスコーピオンの軍門に下るしかないでしょう」

「教えてください。その選択肢を！」

フランカさんは俺の言葉に身を乗り出す程反応する。

「一つ目の選択肢は、この国で最大のギルドオールグランドに仲裁に入って貰うことです。この選択肢は俺がハンネルに提案していたから聞いているとは思います」

この答えはフランカさんも予想していた選択肢のようだ。

無言で頷き、話に耳を傾けている。

「デザートスコーピオンといえども、この国最大ギルドであるオールグランドが介入して来たとなれば暫《しばら》くは大人しくなるでしょう」

次に俺はここで一つ目の方法に対する問題点を提示する。

「だけど確実に禍根《かこん》は残すことになります。もしグリーンウィングが今後はC級ダンジョンのみで活動するというなら、B級ダンジョンで活動するデザートスコーピオンとは出会うこともないので、そのまま終われる可能性が高いでしょう」

俺の話を聞いてフランカさんの表情が少しずつ険しくなっていく。

「今後もB級ダンジョンに潜り続けるつもりなら、再び抗争が起こる可能性が高いです。もちろん冒険者組合に仲裁に入って貰うのも同様に禍根は残るので、結果は同じでしょう」

まさかC級ダンジョンに移動せよと言われるとは思っていなかったようで、驚き過ぎて固まってしまう。

「お気持ちはわかります。しかし、それだけ今回の相手は質《たち》が悪いってことです」

俺が告げた一つ目の選択肢を、フランカさんは目を閉じて頭の中で整理していた。

「分かりました。おっしゃることは理解できます。ですが私達は力を合わせてC級ダンジョンを攻略し、今はB級ダンジョンに挑んでいます」

フランカさんはゆっくりと話し始める。

「確かにまだ私達は力不足ですが、ギルドメンバー全員が努力を続け、やっと捜索組としてB級ダンジョンでやっていける目途がついた所なのです。私達はこれからもB級ダンジョンでの活動を望んでいます」

フランカさんの強い言葉にハンネルとエリーナも頷いていた。

俺は次の選択肢を話し出した。

「二つ目の方法は、ギルドを解散させる方法です」

「えっ、ギルドを解散させる!?　一体どういうことなんですか？」

フランカさんも理解が追い付かずに驚いている。

ギルドを解散させろと言われ、フランカさんだけではなくハンネルとエリーナも驚いていた。

これは最後まで説明を聞いて貰った方がわかりやすい筈だ。

俺はそのまま話を進めていく。

「ギルドを解散させれば、デザートスコーピオンといえども手は出せなくなる。その後ほとぼりが冷めた後にギルドを再結成させればいい。それが3ヵ月後になるのか1年後になるのかは実際にやってみないとわかりませんが、一つの手ではあります」

「ギルドの解散は幾らなんでもやりすぎでは？　ギルドの活動を停止させるのでは駄目なのでしょうか？」

フランカさんはギルドの解散の代案としてギルドの活動停止を提示してくる。

実は俺もそう言われると予想していた。

ただ普通に考えてみても、ギルドの活動を停止させながらギルドを維持《いじ》することはとても難しいことだ。

「確かに停止でもいいですが、ギルドが活動停止中の生活費は誰が保証してくれるのですか？　メンバーはダンジョンに潜れず、全員が無職になるのですよ？　無職が1年続いても生きていけますか？」

フランカさんは目を見開いて、すぐに俺の言うことを理解してくれていた。

「なるほど……おっしゃる通りですね。やっと意味が理解できました」

フランカさんは俺の目をまっすぐに見つめてきた。

その瞳は力強く、既に答えは決まっていると言った感じだ。

「二つ目の選択肢はあり得ません。私達は全員を家族と考えています。なのでギルドの解散を選ぶことはないでしょう」

フランカさんがどれだけグリーンウィングのことを愛しているか、今の力強い言葉を聞けば誰にでも伝わるだろう。

「それにメンバーの内数名は、玉砕覚悟《ぎょくさい》で戦おうと言っている位です。彼等はグリーンウィングの為に、命まで掛けてくれると言ってくれているのです。そんな家族を私は裏切れません」

　二つ目の選択肢も拒否された。

　まぁ、元々俺もこの方法は乗り気ではなかったので構わない。

　俺が勧めたいのは最後の選択肢だからだ。

「なら最後の選択肢です。この方法が無理ならグリーンウィングは一つ目の方法を実行し、今後はC級ダンジョンのみを潜る道を選んだ方がいいです」

「分かりました。教えてください。その最後の選択肢を！」

　フランカさんも緊張で表情が強張っている。

「なに、簡単なことですよ。最後の選択肢、それはあなた達の手でデザートスコーピオンをぶっ潰すんですよ！　力の差を教えてやれば相手だって二度と手出しできませんからね！」

　俺はこれしかないと言った感じで語尾を強めた。

「はぁぁぁ!?　私達がデザートスコーピオンをぶっ潰す!?　ラベル様、貴方は何を言っているのですか？」

　大人しい性格のフランカさんが、声を張り上げ驚いている。

「それができるならこんな状況になっていませんよ。戦力も相手の方が倍で、それに向こうはA級ダンジョン経験者ばかりなのですよ！　C級ダンジョンの攻略がやっとだった私達に勝てる筈がないではないですか！」

　手を振り上げ、全力で否定しているフランカさんの姿を、俺は笑みを浮かべて見つめていた。

「どうしてそう言い切れるのですか？　もしかして本当に勝てないと思っているのですか？　どうしてグリーンウィングが戦闘で負けたと思います？　ただ単純に戦力の差のせいだと思っているのですか？」

「ラベル様、あなたは何を言っているのですか？　戦闘力で差がある以外に、何が違うというのですか？」

フランカさんは困惑した様子だ。

元々戦闘系ではない為、戦いや連携といったことが得意ではないのかもしれない。

C級ダンジョンをやっと攻略したと言っていたが、今の様子だと個々の能力で押し切った感じだろう。

「グリーンウィングが負けた理由は戦闘力の差だけじゃないって言っているんです」

俺はきっぱりと言い切った。

「えっ？」

「戦い方が間違っていたんですよ。グリーンウィングがデザートスコーピオンに負けた最大の理由は、敵の土俵《どひょう》で真正面から戦ったこと。ただでさえ人数差があるのに、敵の土俵で戦って勝てる筈がありません。人数差があるなら工夫すればいいじゃないですか」

「ラベル様は、工夫すれば私達でも勝てると仰っているのですか？」

フランカさんが俺の話に興味を持ってくれた。

俺はこの状況を待っていたのだ。

「まずはこの資料を見て下さい」

そして俺はテーブルの上に情報屋が作り上げた報告書を置く。

フランカさんは報告書を手に取り、報告書に目を通した。

「これはデザートスコーピオンの情報……私達の分まである。どうしてラベル様がこんな報告書を持っているのですか？」

フランカさんとは今日が初めて会ったにも関わらず、俺が報告書を持っていることに驚いていた。

「そんなに驚くことじゃありません。首を突っ込んだ時から、最悪の事態を想定していただけです」

俺はフランさんから報告書を返して貰うと、胸の前で開いてみせる。

「情報は大きな武器になります。この情報を元に作戦を立て相手の動きを誘導すればグリーンウィングが勝てると俺は確信しています」

今度はさっきと逆で、俺がフランカさんに視線を向けた。

決断するのは今しかない。

「さぁ、三つ目の選択肢でいくのか？　それとも一つ目の選択肢でいくのか？　ギルドマスターの貴方が決めて下さい」

「……」

フランカさんは目を閉じて考えていたが、そして次に目を開いた時、真っ先にハンネルとエリーナに視線を向けた。

その決意に気づいた2人も頷いて答えを返していた。

「私達は三つ目の選択肢を選びます。ラベル様、もう一度お願いします。私達に力を貸してください」

そのまま、深々と頭を下げた。

フランカさんに並ぶようにハンネルとエリーナも頭を下げている。

「任せて下さい、俺達も全力で協力します。さぁ、作戦は既に考えています。さっそくメンバーを集めて作戦会議を始めましょう」

俺も提案したからには絶対に勝たせるつもりだ。

相手が卑怯な手でくるなら、こちらも容赦はしない。

◇◇◇

俺達は関係者を集めて作戦会議を開く。

会議に参加したのはグリーンウィングのギルドメンバー全員と、オラトリオのギルドメンバー全員で合計14名。

ただし俺達は実際の戦闘には参加しないつもりだ。

準備や手助けはするが、デザートスコーピオンにはグリーンウィングのみで勝たなければ意味がない。

集まったメンバーの表情は真剣そのものだ。

（全員やる気に満ちているな。この状態なら勝てる！）

簡単なメンバーの挨拶を終えた後、俺はデザートスコーピオンに勝つ為の作戦を伝えた。

ギルドマスターのフランカさんから、今回の作戦は俺に一任されている。

俺の作戦を聞いて、不安げな表情を浮かべるメンバーも現れたが、それは仕方ないことだ。

俺はグリーンウィングの士気を上げる為に、彼らに向かって話し始めた。

「君たちは限界まで追い詰められた。今も「本当に自分達で勝てるのか？」そんな不安を抱いている者もいるだろう」

俺の問いかけに数人が無言で頷いていた。

「その不安に対して俺はこう答えたい。勝つ以外の道は残っていないと！　もしこの戦いで負ければグリーンウィングは解散となる」

まずはハッキリと言葉にして現状を再確認させる。

「君たちは卑劣で暴虐《ぼうぎゃく》なデザートスコーピオンを相手に戦いを挑む。確かに相手は攻略組で戦力差は大きいだろう」

それは全員が理解していることだ。

「そんな相手に勝つためには、あらゆる犠牲を払ってでも必ず勝つという強い決意がなければ勝つことはできない。勝利を掴むまでの道のりが、どんなに辛くても絶対に勝つと信じること。その決意が必要だ」

俺の言葉に全員が頷いた。

「でも安心してほしい。今は不安に思うかもしれないが全部俺に任せてくれ。俺はこんなおっさんだが、これでも昔はSS級冒険者のカインとパーティーを組んでいたこともある」

「マジかよ⁉」

「伝説のカインと同じパーティー？」

「もしかして本当に勝てるんじゃないのか？」

今までは自分から過去を話したことはない。

しかし心が折れかかっている彼らには心の支えが必要だと感じた。

それに別に嘘を言っている訳じゃない。

俺の予想通り、カインの名前の効果は絶大でグリーンウィングのメンバーが騒ぎ始めた。

「俺がSS級冒険者直伝《じきでん》の戦い方を君達に叩きこむ。君たちは必ず勝利を掴みとれ！」

「はい！」

その返事の後、グリーンウィングのメンバー達から一切の不安は消えていた。

俺の経歴が少しでも彼等の安心感を生む材料となるなら惜しみなく使わせてもらおう。

今まではポーターだから冒険者ではないからと卑屈になっていたが、今思い返せば俺もSS級冒険者パーティーの一員で間違いないのだから……

◇◇◇

勝つ為の行動として、最初にグリーンウィングのメンバーには姿を隠して貰うことにした。姿を消す理由として作戦通りに動けるように訓練をする為だ。

訓練の場所は王都から半日程度離れた場所に広がっている森林地帯で、この場所ならデザートスコーピオンの連中にもバレることはない。

だがせっかく姿を隠したのに、それを利用しないというのも勿体ない。

俺はグリーンウィングが消えたという事実を利用する為に、情報屋ブルースターの元へと向かう。

「いらっしゃませ。今回はどんな情報をお求めで？」

メイド姿の受付嬢はいつもと同じ口調で接客を始める。

「今回は情報が欲しい訳じゃない」

「左様《さよう》でございますか、ではどう言った御用でしょうか？」

「ブルースターは情報を集めるのが仕事なんだろ？　それじゃあ、逆に情報を流すこともできるんじゃないかと思ってな」

俺が笑みを浮かべて尋ねてみると、今まで一度として表情が変わらなかった受付嬢の表情が変化し、ドス黒い笑みを浮かべ始める。

「ふふふっ、当然でございます。常連様にしかご提示しない裏メニューを依頼してくるとは、流石はラベル様。これからも長いお付き合いになりそうですね」

「普通の情報屋じゃないとは思っていたよ」

「それでは詳細をお聞きします」

俺は受付メイドに誰にどんな情報を流して欲しいかを伝えた。

◇◇◇

その頃、グリーンウィングのメンバーは森の中で訓練に明け暮れていた。

グリーンウィングのメンバー構成は剣士や戦士などと言った前衛が4人。

次に斥候やアーチャーと言った中衛が3人。

3人の内、エリーナがダンと同じアーチャーだ。

最後に魔法使いや支援職が3人。

フランカさんとハンネルは魔法使いだが、それぞれ属性が違う。

フランカさんは水魔法で、ハンネルが火魔法であった。

水魔法は防御と攻撃を兼ね備えたバランス型、火炎魔法は攻撃特化型に分類される。

2人の魔法は今回の作戦の要でもあった。

中衛職や後衛の魔法使いの数が多いので、前衛が敵を惹きつけて後方からの攻撃で仕留めるスタイルが最も適しているだろう。

俺はメンバーの職業や取得スキル情報をまとめ、一つの作戦を作り上げていた。

今はその作戦を成功させる為に実戦形式の訓練を行っている。

森の中で俺達がグリーンウィングのメンバー達を追いかけていた。

今は俺達が仮想《かそう》のデザートスコーピオンと言う訳だ。

「遅いっ！　そんな動きだと相手にこっちの狙いがバレるぞ！　悟《さと》られないようにもっと素早く動くんだ！」

「はいっ、すみませんっ！」

背後から追いかけながら、目に付いた悪い箇所を指摘する。

彼等も必死に作戦通りの動きをしようとしているのだが、まだまだ動きがぎこちない。

休憩に入るとダンやリオンがグリーンウィングのメンバーに近づき、連携のアドバイスをしていた。

2人には連携の注意点や身体の動かし方などを徹底的に教え込んでいる。

俺が見た感じでは既に上級者レベルに達しているだろう。

それにおっさんの俺がとやかく言うより、年の近いリオンやダンが教えた方が、彼等も受け入れやすいかもしれない。

一旦、グリーンウィングの訓練をダンとリオンに任せて、俺は次の準備に取り掛かる。

◇◇◇

更に2日後、全ての準備を終えた俺は訓練中のグリーンウィングの元へと向かう。

全ての仕込みは終わり、既に機は熟していた。

俺が流した嘘の情報に踊らされて、デザートスコーピオンの連中はダンジョンの中で必死になりながらグリーンウィングを探している筈だ。

そんな状況でグリーンウィングを見つけたらどうなる？

獲物に向かって必ず食らいついて来る。

グリーンウィングの訓練を見つめていた俺は大きく頷いた。

彼等の動きは訓練を始めた時とは別人のように変わっていたからだ。

動きには迷いがなくなり、状況に合わせ自分達で考えて動き方を変えていた。

「この様子なら、大丈夫だろう」

俺は訓練を終えて休憩していたフランカさんに近づき声を掛ける。

「今の動きができるのなら絶対に勝てますよ」

「本当ですか！」

「訓練を始めた時に比べて格段に動きが良くなっています。全員自信を持ってくれていい。これで訓練は終了です。１日だけ休んで訓練の疲れを取った後、ダンジョンに潜ってデザートスコーピオンを叩き潰しましょう」

グリーンウィングのメンバー達は互いを見合って喜んでいた。

「作戦は最初に伝えた通り、後は状況によって臨機《りんき》応変《おうへん》に対応するだけだ」

「「はいっ!!」」

グリーンウィングのメンバーが全員声を揃えた。

「お膳立《ぜんだ》ては全て済んでいる。デザートスコーピオンの連中は腹を空かせながら、ダンジョンでグリーンウィングを待っているからな」

「私達で本当に勝てると思いますか？」

フランカさんの表情には不安の色が見て取れる。

「安心して下さい。今回は俺達が戦場を選べるので、地形的有利は既に手に入れています。更にこちらには作戦もあり、その作戦が成功する為の訓練も終えている状態。最後に必要なのは勇気だけですよ」

「分かりました。私達はここまで協力して下さったオラトリオの皆さんの為にも、この戦いに勝つことをお約束します」

フランカさんが頭を下げた後、グリーンウィングのメンバー全員が俺達に感謝を示して頭を下げてきた。

ダンもリオンも恥ずかしそうにしているが、その表情はどこか誇らしげで嬉しそうでもあった。

◇◇◇

B級ダンジョンの2階層。

森林ステージの南西には常に霧《きり》が発生し、視界が20メートル位しかない場所があった。

その場所にグリーンウィングのメンバー達が集まっている。

周辺の調査は既に終わっており、メンバーの頭の中にも地図は叩き込んでいる。

「デザートスコーピオンは本当に来るのかな?」

「絶対来るって、ラベルさんが言っていたから間違いないよ」

「そうですね。私達はオラトリオを信じるだけです。もしデザートスコーピオンが現れたら訓練通りに頑張りましょう」

「そうだよね。マスターの言う通りだよ。今日まで必死に訓練してきたんだから、私達は絶対に勝てる」

メンバー達も緊張している様子だ。

エリーナの声に合わせてギルドメンバー達も強く頷いている
グリーンウィングのメンバーがこの場所にいるのは、当然ラベルの指示であった。

この場所にデザートスコーピオンをおびき寄せるから、待ち構えているように言われている。

ただ準備を終えてから既に1時間を経過しているのだが、デザートスコーピオンが現れる様子はない。

待っている間もずっと周囲を警戒しているので、精神的な疲れが蓄積されていく。

現れるなら早く現れて欲しいというのがメンバー全員の想いだ。

そのまましばらく待っていると、静かな森の奥から人の気配が近づいて来るのを感じた。

聞き覚えのある野太《のぶと》い男性の声だ。

「間違いありません!?　あの声……デザートスコーピオンが現れました。みんな用意はいいですね。さぁ、用意した袋を担いで」

「了解」

「任せてくれ」

「今日でケリをつけてやる」

グリーンウィングのメンバーは縦に長い陣形《じんけい》を組むと、デザートスコーピオンのメンバーがギリギリ認識できる距離で逃げ始めた。

突然目の前で10人位の人影が動き出したことで、デザートスコーピオンもグリーンウィングの存在に気付く。

「おいっ!?　前にいる奴等はグリーンウィングじゃねーのか？　ふははははー、やっと見つけたぜ！」

先頭の男が興奮した様子で叫びだす。

「今日でケリをつけてやる。お前ら、今回は絶対に全員捕まえるぞ。やっと見つけた金づるだ。少々の怪我なら構うことはないぜ。徹底的に痛めつけて、俺達の言うことを聞かなかったらどう言う目に合うか体に叩き込んでやれ！」

「ガインツ、やってもいいんだな？」

「狩りの始まりだぁぁー！　みんな追えぇぇぇー」

「俺達を楽しませてくれよぉぉぉー」

デザートスコーピオン、総勢20人は半狂乱《はんきょうらん》となりながら、前方を走るグリーンウィングのメンバーを追いかけて行く。

20メートルの距離を保ち、木々を潜《くぐ》り抜けてグリーンウィングは逃げ続けた。

その背後からは倍の人数が追いかけてくる。

追いつかれればそこで終わりの状況で、そのプレッシャーは計り知れない。

「おい、見てみろよ!? 奴等が担いでいる袋から落ちている鉱石って、噂の鉱石じゃねーのか？」

「そうだ。きっとそうに違いねぇぇ。折角《せっかく》集めたお宝を落としやがって、早く捕まえねぇぇと、鉱石が全部落ちてしまうぞ」

グリーンウィングのメンバーが担いだ袋には小さな穴が空いており、そこから黒色をした鉱石が落ち続けている。

実はその鉱石をデザートスコーピオンのメンバーはレア鉱石だと勘違いしていた。

これはラベルがブルースターに依頼して、デザートスコーピオンに流した情報によるものだ。

グリーンウィングが5階層のダンジョンの何処かでレア鉱石を見つけ、その鉱石が高値で引き取られていると噂を流して貰っていた。

更にその鉱石の場所を知っているのはグリーンウィングだけで、ダンジョンに潜ったまま鉱石を採取し続けていると。

そしてこの場所にグリーンウィングが居ることを流したのも、ブルースターのレクサス達だ。

デザートスコーピオンのメンバー達は嘘の情報を信じ、グリーンウィングのメンバー達が最近姿を見せなくなったことを、鉱石を取りにダンジョンに潜っていると信じてくれた。

グリーンウィングのメンバーの姿が忽然《こつぜん》と消え去り、それ以外の情報が全く入らなかったことが、嘘の情報を信じた理由だ。

情報に踊らされ、この場所におびき出されたという事実をこの時点で気付く者はいない。

「鉱石も確認させました。では予定通り、作戦に移ります」

「はい！」

作戦の開始の号令と共に、逃走中のグリーンウィングのメンバーが左右に2人ずつ散っていく。

右側にはハンネルとエリーナ。

左側はアーチャーと斥候職の男で2人共素早い動きを売りにしている者達だ。

当然、ハンネルも反対側に分かれた仲間も鉱石入りの袋を持っている。

「おいガインツ、左右に分かれちまったじゃねーか。どうする？」

「全員捕まえるに決まっているだろ？　左右に2人ずつ別れたなら、倍の4人ずつで追えば楽勝じゃねーか。主力は俺達が仕留めるから、さっさと追いかけろ！」

「それなら俺に任せてくれよ。なぁガインツ、今回手に入れた鉱石は当然貰ってもいいんだろ？」

「好きにしろ。後で幾らでも稼げるんだからな。今回くらいはいい思いをさせてやる」

「聞いたぜ。その言葉を忘れるなよ」

ギルドマスターであるガインツの号令で、歓喜に満ちた強欲なメンバー達が別れたハンネル達の後を追い始めた。

「敵は餌《えさ》に掛かりました。私達はこのまま逃げますよ。絶対に追いつかれたらいけません」

フランカは作戦の成功を確信しはじめる。

◇◇◇

二手に分かれたメンバーは袋を投げ捨て、近くの木々に身を潜《ひそ》めた。

相手は4人で倍の人数である。

後を追って来たデザートスコーピオンは当然、その場に投げ捨てられている袋に気付く。

「おい。あいつ等。袋を捨てやがったぜ。それだけ逃げるのに必死だったんだろ。ひっひっひ。じゃぁ、この袋は俺の物だ」

「何言ってやがる。お前1人の物じゃねーぞ。俺達全員の物だろ」

「なんだとぉぉ？　俺が拾ったんだ。俺の物に決まっているじゃねーか」

デザートスコーピオンのメンバーはお宝の所有権をめぐり、小競《こぜ》り合いを始めた。

彼達は寄せ集めのメンバーで、ただ利害が一致したから同じギルドにいるだけの関係だ。

友情や信頼関係よりも自分の利益にしか興味はなかった。

このことは事前の情報収集で分かっていた。

「ハンネル、ラベルさんの言った通りになっているよ」

「本当だ。こんな戦い方があったなんて」

「じゃあ次はこっちの反撃だね。訓練通りならそろそろ集まる頃だし」

「分かっている。遠慮はなしだ全力で打ち込もう」

ハンネルはスキルを発動させ、巨大な炎の玉を作り上げると小競り合い中の4人に向けて投げ飛ばす。

「おうぉぉ、おい敵襲だぞ！　今は争っている場合じゃないぞ。まずは逃げた2人を捕まえるんだ！」

「チッ、仕方ねぇな。それで何処から魔法を撃って来たんだ？」

「俺は見ていたぞ。あっちの方向だ」

霧が周囲の視界を阻害《そがい》している為、ハンネル達の居場所を特定できないでいた。

その後、1人の男が魔法の飛んできた方向を指す。

だがその直後、背後から数本の矢がデザートスコーピオンを襲う。

「おい、違うじゃねーか？　もしかして二手に分かれているのか？」

だがその瞬間、男が指さした方向からまた矢が放たれた。

「おい。どうなっているんだ？　敵は2人なんだぞ。なんで魔法が飛んできて違う方向から矢が飛んでくるんだよ。2人以上いるってことなのか？」

今度は三方から同時に遠距離攻撃が放たれた。

その攻撃で2名の冒険者が負傷を受ける。

ハンネル達の攻撃で敵が集団から個にバラけた瞬間、木陰から斥候の男が斬り込む。

「うぉ⁉　こいつ反対側に逃げた奴じゃねーか⁉　なんでここにいるんだよ？」

デザートスコーピオンの冒険者は状況が飲み込めず混乱していた。

「背後から魔法がぁぁぁ」

「ぎゃぁぁぁー」

斥候と斬り合っている間、背後からまた遠距離攻撃を仕掛けられ、4名いた冒険者は次々と倒されていった。

実は左右に分かれたハンネル達は大きく円を描いて移動し、互いに合流するように動いていた。

2人ずつ逃げているようで、実は挟撃《きょうげき》を仕掛けるのが目的だったのだ。

半円を描き合流した場所は、グリーンウィングの本陣《ほんじん》を追いかけているデザートスコーピオンの背後。

霧で視界が悪いせいで、デザートスコーピオンの冒険者達も自分達の位置をちゃんと把握《はあく》していなかった。

左右に分かれた残りも袋を少し離れた場所で投げ捨てているので、強欲な追撃者は今も偽物の鉱石を取り合っている最中。

4人が揃ったハンネル達はもう一方の追撃者にも挟撃を仕掛け、短時間で全員を倒すことに成功する。

だがそれで終わりではない。

8人の追撃者を倒したハンネル達はフランカ達を追うデザートスコーピオン主力の背後を突く為、

再び走り出した。

◇◇◇

フランカ率いるグリーンウィングの主力６人は必死に逃げ続けていた。

ただ単純に逃げるのではなく、絶えず背後をチェックし続けて追撃者との距離を調整している。

格上の冒険者から追い続けられるプレッシャーは精神的な負担が大きく、想像以上の疲労をフランカ達に与えていた。

しかし強烈なプレッシャーにも耐え続け、フランカはずっと背後に意識を向け続けている。

後ろに意識を向け続ける理由は追撃者を引き付ける為だけではない、フランカはずっと合図を待っていたのだ。

すると空に向かって一本の矢が空に向かって放たれたのが見えた。

矢には目立つように、エリーナがいつも付けている緑色のリボンが取り付けられている。

「やりましたよ。エリーナ達がやってくれました。次は私たちの番です。逃げ回るのはもう終わりましょう。これからは反撃に移ります。全員、自分達の全力を出し切ってデザートスコーピオンを足止めして下さい」

フランカの号令により、縦に長い隊列を走りながら横長に並び隊列へと組み直す。

縦に長い隊列は森の中で走りやすくする為で、隊列を変更する意味は逃げることを止めるという意思表示でもある。

組み直した隊列は横並びの真っ直ぐな一直線ではなく、中央部分だけが敵に向けて飛び出している感じだ。

頭上から見ると、デザートスコーピオンに対して半円の形状で向かい合う形となる。

そしてそのまま、グリーンウィングのメンバー達は一斉に反撃を始めた。

「喰らいなさい【レインランス】」

フランカの手の平から空に向かって巨大な水球が飛ばされると、その水球は空中に漂いながら、無数の水の槍をデザートスコーピオンの主力に降らせた。

「スキル【ロックコート】発動だ！　魔力が続く限りどんな攻撃だって耐え抜いて見せるぜ」

剣士の男がスキルを使うと身体の色が茶色に変色していく。

皮膚も硬質化しているようで、身体の周囲に岩が張りついた感じに近い。

身体が硬質化し防御にも攻撃にも使える攻防一体のスキルだ。

「俺の三連突きを叩き込んでやるからな」

手に持つ剣に光がともり、何時でもスキルが使える状態へと移行する。

残りの3名も、遠距離攻撃や自分達のスキルを使用し、デザートスコーピオンに攻撃を仕掛けた。

「気を付けろ。グリーンウィングの奴らが攻撃してきたぞ」

グリーンウィングが突然反撃に転じてきたことで、デザートスコーピオンも足を止めて各自対応に移る。

しかし混乱する程ではなく、降り注ぐ水の槍を剣で破壊し攻撃を無力化していた。

「どうやら。獲物は逃げることを諦めたようだぞ」

「ちぇっ、これで追いかけっこは終わりかよ。もっと楽しませてくれてもよかったのによ」

攻撃を受けたにも関わらず、デザートスコーピオンには冗談を言う余裕がある。

その中には今から始まる対人戦に涎《よだれ》をすする者までいた。

デザートスコーピオンのメンバーは剣士が主体だ。

各自がスキルを使用し、武器を発光させたり、身体能力を上げたりと迎撃態勢《げいげきたいせい》を取り始める。

両方の準備も整い、互いの生存をかけた戦いが始まった。

グリーンウィングの主力メンバー達は、魔力切れお構いなしの総攻撃を仕掛け続けていた。

全力で攻撃を仕掛けているので長くは持たないのは百も承知。

ただし実力差があったとしても、攻撃を受け続けている間はデザートスコーピオンも思うように動くことはできず防御に徹している状態となる。

しかし防戦一方ではなく、手短かに作戦を話し合っていた。

「俺達が正面に突っ込んで隊列を崩してやるから、矢と魔法の対応は任せたぞ」

「任せろ！　さっさとぶっ潰して終わらせてくれ」

その後、数名の男が作戦通りにジリジリと前進を続け真正面に突っ込んできた。

けれどグリーンウィングには焦りは見えない。

デザートスコーピオンが正面に突っ込んでくることなど全て想定内で、実はそうなるように誘導していたのだ。

横に長く広がった半円型の隊列の両端には遠距離攻撃ができるメンバーを配置し、半円型の中央部分は一番敵に近い場所なので3人の剣士を配置していた。

遠距離攻撃が一番鬱陶しいので最初に潰したいのだが、両端までは距離もある上に絶え間なく遠距離攻撃が放たれている為、容易には近づけない。

結果、一番距離の近い近接戦闘部隊が配置されている真正面に突っ込んだという訳だ。

しかも中央部分の剣士3人はデザートスコーピオンを倒すつもりは一切なく、攻撃を受け流すといった感じで真正面から斬り合っていなかった。

当然、剣士の3人で12人の冒険者を相手にできないことは最初から分かっている。

普通に戦っていたら中央部分が敵の圧力に押しつぶされてしまうことは明白だ。

なので、両側から矢と魔法で絶え間なく遠距離攻撃を仕掛け、防御に対応させる者を強制的に作り出し、戦闘に参加できる人員を減らしていた。

今の状態なら、中央部の剣士が実際に相手しているのは、1人に対し1人か、多くて2人である。

そのうえ、グリーンウィング側は、絶えず少しずつ後退をしながら相手の攻撃を受け流し続けている。

足を止めずに下がり続けている為、実力が上のデザートスコーピオンの冒険者といえども中々決定打を与えることができないでいたのだ。

その間にも両端からな数の遠距離攻撃が降り注ぎ続け、中央部分は混戦状態となっていく。

その数十秒後、グリーンウィング側の中央部だけが後退をし続けていると最初相手に向かって半円だった隊列が、いつの間にか相手を包み込む包囲へと変わる。

そして後方からハンネル達も合流し、デザートスコーピオンの後方がいつの間にか綺麗に塞がれていた。

こうして全方位から遠距離攻撃が放たれる戦況が完成される。

包囲が完成した時点で本当の総攻撃が開始され、デザートスコーピオンは更なる混乱へと陥《おちい》っていくこととなる。

「どうなっているんだ？　これは防ぎきれねぇぇぞ！」

「痛てぇぇぇ。矢が肩にぃぃっ！」

「クソがぁぁ。装備に火がぁぁぁ」

必死に剣を振るい続け、水の槍や矢を振り払う。

火の玉は避けるか剣を横に向けてぶっ叩いて進路を無理やりかえる。

「もう駄目だ……」

そんな状況下で必死に包囲攻撃を凌いでいた冒険者が弱音を吐きだし始める。

身体には無数の怪我を負い、極度の疲労状態である。

「馬鹿野郎。冷静になりやがれ！　実力は俺達の方が上なんだぞ。一点を突き崩せばこの包囲は崩れるんだよ。そうなりゃ、グリーンウィングの連中なんてどうとでもなる！」

ギルドマスターのガインツは指示を出して、混乱している仲間を落ち着かせようとした。

しかしその瞬間、２人の冒険者があることに気付いた。

「おい。あの方向だけ、誰もいないぞ！　あの場所からなら逃げ出せる！」

「急げぇぇぇ。俺は逃げるぞぉぉ」

そう言うと、２人が走り出し、包囲から逃げ出した。

「俺も!?　待ってくれぇぇー」

２人に続き、更に１人が後を追い戦場から離脱する。

この時点ですでに10人対９人となり、デザートスコーピオンの人数的優位は既になくなっていた。

更に包囲されているという不利な状況下で、デザートスコーピオンの心は急速に折られていく。

更に追加で２人が逃亡して戦力差が10人対７人となったことが契機《けいき》となり、後は雪崩のように全員が逃亡を始めた。

「ここまで言っていた通りになるなんて、ラベルさんって本当に凄い人なんだ」

見栄えなど気にしないで、必死に逃げていくデザートスコーピオンのメンバー達を尻目《しりめ》にエリーナが呟いた。

包囲に一点だけ逃げ道を作っておくように指示を出したのもラベルである。

完全に包囲した場合、逃げられないことを悟った敵が死に物狂《ものぐる》いで襲い掛かって来る可能性が高く、そうなれば包囲を破られるとラベルは説明していた。

なので、わざと一点に空いている場所を作り、そこへ敗走させるように誘導したのだ。

敗走させるということは相手の心をへし折っていることでもあった。

当然、心を折られ逃げ出した冒険者には戦う気力は残っていない。

後は徹底的に追撃を続け、二度と手出しができない程の恐怖を相手に叩き込むのが作戦の肝《きも》だった。

「さぁ、今日までの屈辱《くつじょく》を返す時です。すぐに追撃を開始します！」

「おぉぉぉぉーーーっ!!」

完全勝利で士気の高まったグリーンウィングの追撃が始まった。

デザートスコーピオンのメンバーは散り散りに逃げているので、見つけ次第各個撃破《かっこげきは》されていく。

瀕死《ひんし》の状態となって命乞《いのちご》いをするまで、グリーンウィングが攻撃をやめることはなかった。

デザートスコーピオンにとって、2階層は全く価値のないただの上層という認識の為、階層全体の捜索など行ってはいなかった。

下層へと続く道のみ記された大雑把《おおざっぱ》な地図しか持っていない。

なので戦場から逃げ出した後、デザートスコーピオンのメンバー達は、森の中で彷徨《さまよ》うこととなる。

更に敵はグリーンウィングだけではない。

当然、魔物も襲ってくるのだ。

出口にたどり着く前に疲労は貯まり続け、その場に座り込む者も現れる。

一方、グリーンウィングは全員が階層全体の地図も持っているので、手分けし効率良くデザートスコーピオン達を捜索し、数の優位を保ちつつ殲滅を続けていく。

そして最後に、ギルドマスターのガインツを捕らえることにも成功したのだった。

◇◇◇

デザートスコーピオンのメンバーは、武器を回収された状態で全員が一ヵ所に集められていた。

殆どの者が負傷をしているので、今から反撃を試みても勝てる見込みはない。

疲れ果て、ぐったりと地面に這《は》いつくばるデザートスコーピオンの前にフランカが近づいていく。

「私達の勝ちです。今後も私達に手出しをするつもりなら、次は殺すつもりで対応しますので覚悟してください」

「チッ、言うことを聞かせたいなら、見せしめに俺を殺すなりしな！　言っておくが、これはもう戦争だぜ。どちらかが服従《ふくじゅう》するまで終わることはない。今、俺を殺しておかないと絶対に後悔するぞ。俺達はどんな手を使ってでもお前達を潰してやるぜ」

ガインツが一番のくせ者だということは、報告書を読んでいるフランカも理解していた。

しかし自分達が敗北した絶望的な状況下で、更に脅迫《きょうはく》を仕掛けてくるとは思いもしなかった。

流石のフランカも驚いた表情を浮かべる。

「脅迫してきても無駄ですよ。負けた貴方達が幾ら強がって見せても私達には効きません。もし私達の条件を飲まないというのであれば、こちらもそれなりの覚悟があります」

「ほぅ、仲良しギルドのお前達の覚悟がどれ程の物なのか？　見せて貰おうじゃねーか」

相手は余裕のある笑みを浮かべる。

何故、これ程まで相手が強がっていられるかと言えば、理由は簡単だった。

すでにフランカの性格を見抜いて、どうせ大したこともできないだろうと予想したからだ。

実際にその予想は当っており、心の優しいフランカには、これ以上彼等に危害を与えることはできない。

フランカもどうしたものかと悩んでいた。

しかしその時、状況が突然変化することとなる。

「おい、見てみろよ。なんか面白いことが起こっているぞ?」

「どうした? 魔物でも現れたのか?」

「ほれ、あそこ見てみろよ。どうやらギルド同士の争いみたいだな?」

現れたのは6人組のパーティーだった。

全員がフード付きのローブに身を包んでいる。

霧の為、顔までは確認できないがダンジョンアタック中の冒険者パーティーのようだ。

ただ6人の内、2人は身長が低く、その1人の冒険者はフードに納まりきれない長い髪が見えていた。

「ねぇ、あのシルエットって……」

エリーナが何かに気付き、1人を指差しながら隣に立つハンネルに小声で声を掛けた。

「うん、僕もそうだと思う。僕たちには何も言ってなかったけど、ずっと傍にいて見守ってくれていたんだね」

　ハンネルがそう答えた瞬間、ガインツが大声で叫びだした。

「おいっ！　あんた達、助けてくれ！　俺達はこいつらに襲われたんだ。頼む、冒険者組合で、俺達が襲われたことを証言してくれ！　もちろんお礼はするからよ！」

「なっ何ですって⁉　どの口でそんな嘘をいうのですか⁉　今まで散々私達を襲っておきながら！　恥を知りなさい！」

　フランカは弱者を演じるガインツの変わりように驚いていた。

「マジかよ。金をくれるってよ⁉　別に証言してやってもいいが、あんた達は何処のギルドなんだよ？」

　ローブの男が問いかけてきた。

「俺達はデザートスコーピオンだ。そして襲って来たのはグリーンウィングの連中だ。見てくれこの酷《ひど》い有様《ありさま》を！　仲間も全員やられてしまった」

　ガインツは大げさな態度を取ると、ボロボロになった仲間を見てくれとアピールし始める。

「おい待てよ？　デザートスコーピオンって、いつも威張《いば》り散らしている生意気なギルドの奴等だろ？？」

「そうだ、そうだ。間違いない！　「俺達はA級ダンジョン経験者だぞ！」って威張り散らしていた糞ムカつく奴等じゃねーか」

「あはは、いつも大口をたたいているくせに、なんだよ負けてやがるのか。こりゃ面白れぇぇ」

シルエットの冒険者達は腹を抱えて笑い出した。

「しかも相手は捜索ギルドのグリーンウィングだってよ。最近、グリーンウィングがデザートスコーピオンに襲われていたっていう噂も聞いたことがあるから、どうせ返り討《う》ちに合ったんだろ？　情けねぇな、やっぱり口だけギルドだったたって訳かよ」

「あははははっ。こりゃいい話のネタができたぜ。今から帰って皆に広めてやろうぜ」

「おい……なんでそうなるんだ？　普通は違うだろ？　どっちが悪いか見て分からねぇのかよ？　おいっ、ちょっと待ってくれぇぇぇ〜！！」

縋《すが》り付こうとするガインツを無視し、ローブ姿の6人組は無言で姿を消した。

ガインツは思惑と違う結果になったことに対して唖然《あぜん》となっていた。

そして自分達が負けたという噂を広められることを想像して、屈辱と恥ずかしさを想像して、地面を強く殴りつけた。

逆にフランカはホッと一息を吐き、再び主導権を取り戻す。

「くそがぁぁぁぁ！！！」

「ふふふ、ざまぁ見なさい。貴方の目論見《もくろみ》はどうやら失敗したようですね。これ以上は何も話すことはありません。私達の話はこれで終わりです。背後から襲われたくもないので、当然武器は回収しておきます。せめてもの罪滅ぼしとして、魔物の襲撃に怯えながら帰還しなさい」

フランカがそう言い捨てると、グリーンウィングのメンバー達は背を向け地上へと帰還を始めた。

その後、周囲に人影がない場所まで移動すると、グリーンウィングのメンバー達は手を取り合い、勝利の余韻《よいん》に酔う。

力に屈せず戦い、勝利を掴んだことに全員が涙を流す。

そしてメンバー全員が、ラベルとオラトリオに対して返しきれない大恩を感じた。

◇◇◇

デザートスコーピオンが1日かけて地上に戻った時には、デザートスコーピオンとグリーンウィングの噂話で街中が持ち切りとなっていた。

デザートスコーピオンはゴロツキの集まりだったので、周囲の評判も悪かった。

しかも何処から話が漏れていたのか？

今までの悪行《あくぎょう》が全て明るみに出ており、デザートスコーピオンの居場所は何処にも存在しなかった。

当然、デザートスコーピオンの味方が現れることもなく、メンバーは何処に行っても馬鹿にされるようになる。

汚名返上《おめいへんじょう》にデザートスコーピオンはグリーンウィングに対して報復をしようとチャンスを窺ったのだが、何故かダンジョンでも街の中でも誰かに見られ続けた。

流石に人目がある所では報復することができずに、時間だけが過ぎていく。

その結果、プライドは高いくせに実力はなく、欲の塊で汚いことしかできない中途半端な冒険者の集まりであるデザートスコーピオンの解散は速かった。

最初から利害だけで集まっていた寄せ集めのギルドだ。

義理や人情など最初からなく、利用価値がなくなれば【こんなギルドにはもう居られない】と言い捨て、1人、また1人とギルドから去っていく。

そして決戦から1ヵ月後には、デザートスコーピオンというギルドは完全に消滅していた。

◇◇◇

デザートスコーピオンが消滅《しょうめつ》して数日後、俺は1人でブルースターのギルドホームに向かっていた。

要件は依頼料を支払う為である。

前金は既に渡しているのだが成功報酬がまだだった。

「ラベル様、いらっしゃいませ。今日はどういったご用件で？」

ギルドホームに入ると、メイド姿の受付嬢がいつもの形式的な言葉をかけてきた。

「今日は成功報酬を支払いにきた。今回は本当に助かったよ」

「そう言って頂ければ私達も仕事を請け負った甲斐《かい》がございます。今回の成功報酬は金貨四枚となっています」

「分かった。何かあれば次も頼む」

俺は小袋から金貨を取り出すとメイドへと手渡す。

金貨四枚は大金だが、これだけの成果を上げられては支払わない訳には行かない。

「またのご利用をお待ちしております」

メイドは椅子から立ち上がると、スカートの両端を掴み持ち上げると可愛らしくお辞儀《じぎ》をする。

その姿は人形のように可愛らしい。

今の姿で街に出れば、街に出れば若い男が彼女に群がって来るのは間違いなさそうだ。

「レクサス達は居るか？　もし居るのなら一言だけ御礼を言いたいのだが？」

「今は応接間でサボっていますので、さっさと仕事をしろってケツを蹴り上げてきてください」

可愛い見た目からは想像もできない毒舌《どくぜつ》である。

「分かったよ」

俺はそれだけ伝えると一番奥にある応接間のドアをノックし、中へと入った。

「あっ、どうぞ中へ！」

最初に出迎えたのはプルートだったが、何故か様子がおかしい。

冷静沈着《れいせいちんちゃく》で感情を表に出さないことが男の売りの筈なのに、今は緊張している上に人格が崩壊している感じだ。

一体どうなっているのだろうか？

部屋の中央では備え付けのソファーにレクサスが座っており、行儀悪くテーブルの上に足を乗せながらくつろいでいた。

プルートに引き換え、レクサスの方は普段通りである。

俺に気付いたレクサスが手を上げた後、俺を対面のソファーに座らせた。

「メイド嬢にきっとサボっている筈だから、お前のケツを蹴り上げて来いって頼まれたぞ」

「チッ、俺達はあの女に毎日こき使われているんだ。ちょっとくらい休憩したっていいじゃねーかよ」

レクサスはメイドがいる部屋に向かって、舌を出していた。

「ところでどうだった？　俺達の仕事は完璧だっただろ？」

舌を出して溜飲《りゅういん》を下げた後、得意気な表情のレクサスが笑みを浮かべながら問いかけてきた。

「本当にいい仕事をしてくれた。その礼を言う為に寄ったんだが……おい、プルートの奴はどうしたんだ？　人格が崩壊しているぞ？」

プルートは今も俺の後ろで背筋を伸ばして固まっていた。

本当に何があったのだろう？

「あぁ、それはあんたのせいだよ」

「俺のせい？　それは一体どういうことなんだ？」

俺には思い当たる節は何もない。

「プルートの奴って、何に対しても無関心を装っているけどよ。実はオールグランドの……いやSS級冒険者カインの大ファンなんだよ」

レクサスがそう言った所で、何となく俺も察しがつく。

「あんたが大幹部のスクワードとやけに親しい仲だったから、俺達は興味本位であんたのことを調べてみたんだが。まさか、あんたがあのカインと共にSS級ダンジョンを攻略していたなんて驚いたよ。プルートの奴はそれを知って、あんたのことを崇拝しちまってこんな状態になっているって訳だ」

「崇拝してくれるのはありがたいが、あの時の俺はポーターとして同行していただけだからなぁ。正直な所、戦闘には参加していなかった。だけど次は俺自身で必ず……」

俺は自然と拳を力一杯握り込んでいた。

色々とあったが、今は念願の戦う力を手に入れている。

これからは以前とは違い、ずっと後ろから見ているのでなく俺も戦いにも参加できる。

そしていつかはギルドの仲間と共にSS級ダンジョンにも挑むつもりだ。

そんな想いが俺の体を熱くさせた。

「あの時……？　まぁいいや。それにしてもよ。あんたの言う通りになりすぎて、こっちが怖くなったぜ。あんたを敵に回したデザートスコーピオンの連中が気の毒に思える程にな」

「それはお前達が集めた情報が正確だったからだよ。あの情報がなければ此処まで上手く事が運ぶこともなかっただろう」

「いえっ、流石はラベルさんです！　グリーンウィングがデザートスコーピオンを追い詰めた時、我々が出ていかなければ、事態はもっと混乱していたでしょう。あの優しい性格のギルドマスターでは、あそこ迄《まで》が精一杯だったでしょうから」

後ろで黙って話を聞いていたプルートが急に話に入ってきた。

グリーンウィングとデザートスコーピオンが戦っている時、最後に現れた6人の冒険者の正体は俺達である。

俺達は気付かれないようにずっと様子を伺っていたのだ。

あのタイミングで現れたのも当然俺の指示である。

もしグリーンウィングが負けそうなら助けに入る為に待機していたのだが、その予想は間違えていなかった。

俺達をグリーンウィングの関係者だと分からせない為、ローブに身を包み身元が分からないように変装したのも功を奏した。

正体を隠すことで、街中に悪評を流された恨みを俺達やグリーンウィングに行かないように誘導した訳だ。

実際、デザートスコーピオンの連中は情報源を潰したくても、噂を流している相手が誰だか分からない状況となっていた。

奴等が手をこまねいている間に、俺達は更に噂を大きく拡散させることに成功している。

「それによ。オールグランドの冒険者達が絶えずデザートスコーピオンに張り付いていたのにも驚いたぜ。やっぱ伝説のSS級冒険者パーティーに所属していたってのも伊達《だて》じゃないってことだな。あんな大組織を動かせる人間の方が少ないっての」

「スクワードには貸しがあるからな、その貸しを今回で返して貰っただけだ。だから俺がオールグランドで顔が効く訳じゃない」

「オールグランドの大幹部に貸しがあるってこと自体が、常人にはあり得ないことだって気が付かねぇのかよ？」

　レクサスは両手を上げて降参のポーズを取って見せた。

「俺も一応はギルド発足メンバーの1人だからな。付き合いが長ければ貸しの一つくらいあるさ。それでデザートスコーピオンのメンバーの行方はどうなったか知っているか？」

「それは俺から説明します。ギルドは既に活動を停止しています。メンバー達はそれぞれ散り散りとなり、この首都で見かけることもなくなりました」

「そうか、首都で見かけないということは別の街に向かったということでいいのか？」

「はい、殆どの者が別の街に流れました。ただギルドマスターだったガインツの行方だけはわかりません。他の者と同様に別の街に逃げているとは思いますが」

「なるほど、一応これでこの件は完全終了ってことだな」

「それにしてもアンタは今回の件で金貨が何枚飛んでいったんだ？　どうせ謝礼とか貰ってないんだろ？　このままじゃあアンタの一人損にならないか？」

　レクサスが鋭い質問を投げてきた。

　実際レクサスの指摘通り、俺はグリーンウィングから一円の報酬も貰っていない。

「いや、そうでもないさ。この騒動のおかげでリオンとダンにも年の近い友人ができた。一応、同盟関係も結んだことだし、今後も良い付き合いができれば、きっと2人の力になってくれるだろう。

そう考えるなら、この程度は安い先行投資だよ」

俺の顔には自然と笑みが浮かんでいた。

「年の近い友人ができたって……なんだよそれ。まるで父親みたいじゃねーかよ。あっ、あ～～っ!!」

レクサスが何かを思い出して大声を上げる。

「うるせぇな。一体何を叫んでいるんだよ？」

「俺はちゃんと仕事したんだから、リオンちゃんにちゃんと俺のことを伝えてくれたんだろうな!!」

あっ、ヤバい。

実はすっかり忘れていた。

「あ～っ。うん、ちゃっ、ちゃんと伝えたぞ」

「何だよ。今の間は!?　本当だろうな？　嘘ならぶちのめすぞ！」

レクサスがそう言った瞬間、いつの間にかレクサスの背後に回り込んでいたプルートがレクサスの首をロックする。

「お前が暴言を吐いていい人じゃないんだぞ。レクサス、分かっているのか？」

そう言いながらギリギリと首を締めあげた。

「ぐるぅじぃ……マジでやばぃってぇぇ」

レクサスは連続タップをしているのだが、プルートがロックを外すことはなく、レクサスはそのまま落とされることとなった。

「先ほどはこの馬鹿が失礼しました。依頼がありましたら全力で頑張りますので、また来てください！」

「あぁ、また頼むよ。それよりレクサスは大丈夫なのか？」

レクサスはソファーの上で屍《しかばね》と化していた。

「大丈夫です。何発か殴れば起きると思いますので、それより本当にまた来て下さいよ」

キラキラとした瞳で言われると嫌とは言えない。

「分かった。また来るよ」

その後、退室する俺をプルートは外まで見送ってくれた。

一連の騒動もこれで終わりだ。

明日からやっとダンジョン攻略に集中できそうだ。

今はB級ダンジョンが出現して1ヵ月と少し経った位である。

B級ダンジョンは出現してから2ヵ月前後で攻略されることが多い。

たまに一月位で攻略される時もあるのだが、それは稀で頻度としては多くない。

B級ダンジョンの出現サイクルは2～3ヵ月なので、その位で攻略するのが一番儲けが良いとされていた。

20階層のフロアギミックの装備も既に出来上がっている。

後はダンジョンに挑むだけだ。

攻略組の連中は既にフロアギミックの装備を整え、一足先にダンジョンアタックを再開している。

正直に言えば焦る気持ちもあるが、今からでも十分挽回できると俺は思っていた。

俺の意識はダンジョンに向かい始める。

しかしこの時点で、俺は大きなミスを犯していた。

この時点で、グリーンウィングとデザートスコーピオンの抗争はまだ終わってはいなかった。

デザートスコーピオンの最後のメンバーであるガインツは、今もなおこの首都に身を潜めていたのだ。

第二〇章　プライドを捨てた男の最後の抵抗

「何でだ？　何でこうなった？」

ボロボロに傷んだ家屋の一室で浴びるように酒を飲んでいる男がいた。

酒に溺《おぼ》れて顔は真っ赤に変色し、髭の手入れもしていないので実年齢よりも十歳は老けて見える。

この男の名前はガインツ。

デザートスコーピオンのギルドマスターだった男だ。

ギルドに所属していたギルドメンバーはもう誰もいない。

グリーンウィングとの抗争に破れ、首都に居られなくなり街から去っていた。

しかしガインツだけはしぶとくもこの首都に住み続けている。

元々ダンジョンで稼いだ金は全て使い切っていたので、今は酒を買う金にも困っていた。

今飲んでいる酒が最後の酒だった。

「ひっぐ、全部あいつらのせいだ。俺は絶対にゆるさねぇーぞ」

そう言うと、ふらつきながら立ち上る。

そして街の中へと姿をけした。

ガインツが向かった先は首都の中でも一番治安が悪いといわれているスラム街の一角。

周囲に視線を向けると、地べたに座り込んだまま動かないボロボロの男や、ガインツと同じように酒に酔い意味の理解できない言葉を叫んでいる者等がいる。

「うっせぇぇんだよ！」

「なんだとぉぉ、やるのかよ？」

ガインツは叫ぶ男に向かって大声で叫び、男もガインツに喰ってかかる。

いつ喧嘩や殺し合いに発展してもおかしくはない。

こんなやりとりがこの場所では日常的に行われている。

ガインツはそんな街中をフラフラと進み、一軒の家屋の中へと入って行く。

「お前？　何しに来た？」

「手配師《てはいし》はいるか？　何でもやる！　何か仕事はねぇか？」

家屋の中に入った途端、ガインツに1人の男が近づいてきた。

ガインツは男に仕事を斡旋《あっせん》しろと声をかける。

この建物にいる男が、金になる仕事を斡旋してくれるのをガインツは知っていた。

実際に来るのも初めてではなく、何度か仕事を斡旋して貰っている。

しかし、仕事と言っても血生臭い物ばかりだ。

仕事が危険な分、短い時間でまとまった金が手に入る。

ガインツのような腕っ節しか取り柄のない、道を外れた者達が最後に行きつく場所であった。

「今は接客中だ。また明日にもう一度来い」

「んだとぉぉ？　おいっ！　わざわざこんな場所まで足を運んで、何もせずに帰れだと！　ふざけるなぁあっ！」

ガインツは今だ酒に酔っており、気分が高揚《こうよう》していた。

普通の時なら絶対にやらないのだが、グリーンウィングにやられたストレスも溜まっており、さっきの言葉で感情が爆発してしまったのである。

ガインツは男の襟元《えりもと》を掴みあげる。

「おいっ、何をしやがる！」

男の叫び声を聞いて、奥の部屋から数人の男が駆け寄ってきた。

「どいつもこいつも、俺のことを馬鹿にしやがって！」

ガインツは大声で叫んでいる。

しかし大人数で一気に組伏せられてしまう。

「俺達に手を上げて生きて帰れると思うなよ」

襟首を掴みあげられた男がガインツに最終勧告を放つ。

ガインツはいまだ男を睨みつけている。

「どうした？　さっきから騒がしいぞ!!　今、だれが来ているか知っているだろ!?　お前達は殺されたいのか！」

奥から中年の男が現れた。

この男はガインツが手配師と呼んでいた男である。

手配師は見るからに焦っていた。

「はい、すみません。この男が騒いだので取り押さえました。今すぐ殺して黙らせます」

「ぐそぉぉー、全部あいつ等のせいだ。あいつ等のせいで俺がぁぁぁ」

どうして自分ばかりこんな目に遭うんだ？

ガインツは自分の不幸を呪い、感情のままに叫ぶ。

「おい、早くこの男を黙らせろ！　あの方が不快な思いをする。急げ！」

「はっ」

男達はガインツを持ちあげ、別の場所に連れて行こうした。

「待ちなさい。お前、誰かを恨んでいるのか？　少し話を聞かせてみなさい。場合によっては手を貸してやるぞ」

奥から人影が現れる。

その瞬間、手配師を含む全員が動きを止める。

現れたのは見た目、60歳位の初老の男と仮面をつけた女性。

初老の立つ姿は姿勢もよく動きも軽やかである。

そしてもう1人、仮面で顔の半分以上を隠した女性。

その女性は生唾《なまつば》を飲み込んでしまうような魅力的なプロポーションをしており、肩の高さで揃えられた美しい赤髪が特徴的だった。

仮面で顔を隠しているが、かなりの美女だと予想するのは容易い。

「レンチ様！」

「さっきの件だが、話の内容によってはこの男が適正やもしれんぞ」

「わかりまた」

手配師は深々と頭を下げた。

レンチと呼ばれた男は問題ないといった感じで手を上げる。

後頭部で一つにまとめられている長い白髪が軽快に揺れていた。

「おいお前、レンチ様が場合によってはお前の望みを叶えても良いと仰ってくれているんだぞ。誰かに恨みがあるんだろ？　さっさと話せ」

手配師はガインツの話を聞くことにした。

「ははははっ!!　聞いてくれよ……」

どん底のガインツの前に差し出された救いの手を掴みとる為、ガインツはグリーンウィングとの抗争を話し始めた。

その後、男達は街中に広げている情報網を使用し、ガインツの話の裏をとる。

そしてその情報がレンチの元に届けられた。

「どうやらあの男の話は本当のようじゃな。これだけの強い恨みがあるのなら、もしや……」

レンチは口角を釣り上げて笑みを浮かべる。

その表情は真新しい玩具を目の前にした子供のようでもあった。

「うふふ、楽しそうね。でも油断していたら私みたいに足元をすくわれるわよ」

髪の女性がレンチに話しかけた。

「今回の実験は半分お遊びじゃ。別に失敗しても何の問題もない」

「あら、それならいいんだけど」

赤髪の女性は仮面を外し、素顔をさらけ出していた。

何故なら、この時間は怪我の状態を確認する時間だったからだ。

「ふむ、怪我はあと少しで完治といった所か。よくあの状態からここまで回復したものだな」

女性の顔には火傷の後が薄く残っていた。

殆どわからない程なのだが、火傷の後で間違いない。

「貴方には本当に感謝しているわ。もしあの姿のままだったら、私どうなっていたかわからないもの。私の姿を見た者、全てを殺しにしていたかも」

「ふぇふぇふぇ、わしとお前さんは同じ幹部同士だからな、わしができることは協力してやろう。その代わり、わしにも協力して貰うぞ。マーガレットよ」

赤髪の女性の顔は【黒い市場《ブラックマーケット》】の幹部で、同盟国の王子の殺害を目論んだマーガレット。

また別の顔としてオールグランドの元S級冒険者、レミリアだった。

カイン達を道連れにする為、自爆したと思われていたのだが、実は生き残っていたのだった。

しかしその代償として全身に大きな火傷を負い、今日までずっと治療を続けていたのだ。

「えぇ、分かっているわ。そういえば、貴方の実験ってどんなことをやっていたのかしら？」

「なんじゃ、知らないかの？」

「ごめんなさい。私は私で忙しかったら、他の幹部が何をやっているかまで構っていられなくて、だけどどの幹部も目指している場所は同じでしょ？」

「その通りじゃ、組織の目的はこの国の崩壊。幹部はそれぞれの方法で、組織が掲げる目的を達成しょうとしている。わしの場合は人と魔物を融合させ新しい戦士を作る研究をしているという訳だ」

「人と魔物の融合……本当にそんなことができるのかしら？」

「成功例はまだないが、理論的には可能だと思っている。もし成功すれば人の肉体で魔物の力を有した最強の戦士ができるだろうな。この研究を始めて着実に前には進んでおるから、近い内にこの国が大きく揺れるのは間違いないだろうて」

レンチはケタケタと笑う。

「それじゃ、私の怪我が全快したら、その面白いことに私も混ぜて貰えるかしら？」

レミリアは嫌らしい笑みを浮かべた。

「大歓迎じゃ、一緒に楽しもうじゃないか」

レンチもレミリアに合わせて笑う。

第二二章　セカンドアタック

グリーンウィングとデザートスコーピオンの抗争が終結してから数日後。

フロアギミック対応の装備も出来上がり、俺達は本格的にB級ダンジョンを攻略する為に動き始める。

この1ヵ月間、デザートスコーピオンに掛かりっきりでいた訳ではなく、ちゃんとB級ダンジョンの情報も集めていた。

情報によれば、この1週間の間に複数の攻略組がセカンドアタックに挑んでいるらしい。

スタートが出遅れたのは痛いが、運が良ければ追いつけるかもしれないと俺は考えていた。

それに今回のアタックは、グリーンウィングが途中まで支援してくれると申し出てくれている。

最初は限界階層まで協力すると言って来たが、俺の方から10階層までの支援なら受けるがそれ以上は必要ないと断っている。

俺が10階層までと言ったのにも理由があり、その理由を俺が説明すると俺の考えを理解してくれた。

そして今回の作戦会議が開かれる運びとなったのだ。

オラトリオのギルドホームに集合した両ギルドのメンバーは、空き部屋に机を並べて臨時の会議室を作り上げた。

会場を作成した後、ギルドマスターの俺とフランカさんが隣同士で座る。

その後、互いの連携について意見を出し合い始めた。

反対の隣にはリンドバーグが座り、補足の情報を出してくれた。

他のメンバーは適当に座り、俺達の話しを聴いている感じだ。

リオンはエリーナと仲が良いので、隣同士に座って楽しそうに笑い合っている。

ダンもハンネルと何やら話し合っていた。

俺達がセカンドアタックについて話し合っていると、大きな音を響かせながら入口のドアが開かれる。

そして金髪の美女が笑顔でホームに入って来た。

「いやぁー。最近お父様がやる気出しちゃって。私まで引っ張りまわされて、全然顔を出せなかったよぉぉって。あれ……？　お客さん？」

突然、ギルドホームに入って来たのはアリスだった。

アリスはグリーンウィングのメンバーとは面識がない為、面食らっている様子だ。

「アリスさん！　いらっしゃい」

「アリスねーちゃん。久しぶりだな」

リオンとダンが手を挙げて挨拶をしている。

「アリスか、久しぶりだな。カインの奴に振り回されているのか？　嫌だったら俺からも言ってやろうか？」

「いやぁー。それは大丈夫なんだけど。この人たちは一体……」

アリスはグリーンウィングのメンバー達を見回していく。

「お前が知らないのも無理はないな。丁度いい機会だから紹介しておくよ」

俺はアリスを呼び寄せると、グリーンウィングのメンバー達にアリスを紹介する。

「彼女は俺の知人の娘さんで、名前はアリス。冒険者で俺達とは一緒にダンジョンに潜ったりしている。冒険者ランクはB級でいいんだよな？」

「えっ!? うん、それでいい。アリス・ルノワールです」

アリスも突然のことで困惑していたが、グリーンウィングのメンバーに向けて挨拶を行う。

メンバーの数名はアリスの美貌に心を奪われたように惚《ほう》けている。

惚けているメンバーの1人にハンネルも入っていた。

「アリス、この人達はグリーンウィングのメンバー達で、そしてこの人がギルドマスターのフランカさんだ」

アリスは俺の隣に座っているフランカさんへ視線を向けた。

フランカさんも視線を逸らさずにアリスを見つめている。

2人の美女が見つめ合う姿は演劇のワンシーンのようだった。

「グリーンウィングは俺達と同盟関係を結んでくれている。今日はダンジョンを一緒に攻略する為の話し合いをしていたんだよ」

「フランカ・ヴェーダと申します。オラトリオ様には大変な御恩があり、僭越《せんえつ》ながら、今回のダンジョンアタックのお手伝いをさせて頂くこととなりました。よろしくお願いいたします」

優雅に立ち上がり、挨拶を行う。

エルフ特有の気品と美しさがあり、見る者を魅了する魅力が溢れ出ていた。

互いの挨拶が終わった後、アリスは新しい椅子を隣の部屋から持ってくる。

そのままリンドバーグと俺の間に割り込んできた。

「私も話を聞かせて欲しいな。参加できるか分からないけどその位はいいでしょ！」

アリスの言葉には何故か強い圧力があり、俺も頷くしかできないでいた。

その後も話は進み、具体的な話へと移って行く。

「それでは10階層までは私達が先行し、道を切り開きますのでラベル様はアイテムを温存して下さい」

「それではフランカさんの負担が大きいでしょう。10階層まで共にレイドを組んで進んだ方が……」

「いえ、今回ご協力できるのは10階層までです。ならばそれまでの礎として尽力したいと考えます」

「あのー……なんだか2人共、距離が近くないですか？」

俺とフランカさんは熱が入りすぎて、アリスの言う通り互いに近づきすぎていた。

アリスの指摘を受けて、俺とフランカさんは距離を取る。

申し訳なくなり、フランカさんの方に視線を向けてみるとフランカさんは頬を赤らめていた。

フランカさんに恥ずかしい思いをさせてしまったと反省する。

一方、アリスは俺を鋭い視線で見つめながら、冷ややかな笑みを浮かべている。

その視線を見た俺はカインの妻で旧友のマリーを思い出し、背筋に冷や汗が流れた。

「確かに失礼だったな。つい熱が入ってしまったようだ」

俺は取り繕《つくろ》ったような言葉を告げた。

「いえ、私は全然気にもなりませんでしたので、お気遣いは無用でございます」

フランカさんも普段の調子を取り戻している。

「やはり私もそのアタックに参加したい！　私も参加するからラベルさんのパーティーに入れてよ」

突然アリスが突拍子《とっぴょうし》もないことを言い出した。

真剣な瞳を見れば本気だということは理解できる。

「お前、何を言っているんだよ。これは単なる探索じゃないんだぞ。その位は分かるだろ？」

「だって!!」

アリスが涙目になっているようにも見えた。

「はぁ～、仕方ないな。それじゃ、グリーンウィングのメンバー達と同じ10階層までならいいぞ」

「一緒のパーティーは無理なの？」

アリスは不満そうにつぶやいた。

「あのなぁ、今回は攻略を目指したギルド活動なんだぞ。グリーンウィングと同じように途中までの協力ならまだしも、他ギルドのお前を俺達のパーティーに入れて最後まで攻略するのは間違っているだろ」

S級冒険者でもあるアリスの言葉とは思えない。

俺はため息を吐いた。

「確かにアリスがパーティーに入ってくれたら戦力はアップするから、攻略できる確率は高まる。しかしそれはオラトリオだけで攻略したと言えないだろ？」

俺はアリスの目を見て説明し始める。

アリスもそのことは理解しているとは思うが、ちゃんと言葉として伝えておいた方がいい。

「どうせ、応援で入った冒険者のおかげで攻略できたって言われるのが関の山だ。部外者は他人を蹴《け》落《お》とす為に粗を探しているんだからな。だから俺はギルドメンバーだけで攻略したいと考えている」

「それは、確かにそうだけど……」

応援を入れてダンジョンを攻略した場合でも、B級冒険者を名乗ることはできる。

しかし応援で入ってくれた冒険者のおかげで、B級冒険者になれたと言われることがあるのも事実。

なので俺はできる限り、ギルドメンバーの力だけで攻略を進めていくつもりだった。

今回、グリーンウィングの支援はあくまで10階層までと考えている。

そしてパーティー形態は別々で混合パーティーにはしない。

この場合なら、難癖をつけられたとしてもある程度の言い訳は立つ。

なら最初から支援を受けない方がいいと思う人もいると思うが、俺達はセカンドアタックのスタートが遅れている。

もし10階層までグリーンウィングの支援を受けた場合、そのメリットはアイテムの温存と10階層までの攻略日数の短縮。

その二つは確かに魅力的だ。

友好ギルトの支援なんて冒険者の世界では常識でもあった。

それに俺達は新参の新興ギルドで、古巣のオールグランドを除けばグリーンウィング以外の友好ギルドはない。

他のギルドは多くの支援を受けながら攻略を進めている。

なので俺達も今回は10階層までの支援を受け入れた訳だ。

冒険者の中には黙っていれば誰にも気づかれないと言う者もいる。

しかしB級ダンジョンになると、やはりどこかで見られている。

なので嘘をついてダンジョンを攻略した後になって、他のギルドの冒険者が入っていた事実が明るみになればオラトリオは二度と信用して貰えなくなる。

周囲に胸を張る為には、協力を受けるにしても上層と呼ばれる10階層までが限界だと俺は判断したのだ。

「アリスには悪いが、今回は諦めてくれ。捜索や昇級に関係のないダンジョン攻略なら参加してもらうにしても問題はないが、攻略の場合はそういう訳にはいかないんだ」

仲間外れにして申し訳ないが、これが現実でもあった。

アリスは寂しそうな表情を浮かべた後、机をバンっと叩いた。

「分かった。そう言うなら私にも考えがあるんだからね。私これで帰るから！」

アリスはそう言うと、ギルドホームから飛び出して行く。

アリスの勢が凄すぎて、リオンもダンもあっけに取られていた。

「すみません。どうやら、のけ者にされたと勘違いしているようで……」

重苦しい空気となってしまったので、俺はフォローを入れた。

「いえ、アリスさんもラベルさんの力になりたかったのでしょう。その気持ち、私にも分かりますので」

フランカさんは大人の対応を見せてくれた。

俺達は最後の詰めを行った後、打ち合わせを終了する。

そして明後日、オラトリオはセカンドアタックに挑むことが決定した。

◇◇◇

B級ダンジョンの入り口の前で、オラトリオとグリーンウィングのメンバーが合流していた。

「今日はよろしくお願いします」

今回の俺達は助けて貰う側だ。

相手の誠意に感謝し、俺は頭を下げた。

「10階層までですが、牽引役《けんいん》はお任せ下さい。一応、10階層のフロアギミック対応の装備も持って来ていますので、余裕が残っていればギリギリまで牽引させて貰いますよ」

「お気遣い感謝します。ですが打ち合わせ通りグリーンウィングの支援は、10階層までで結構です。それ以降は私達の力で攻略していきたいと思います」

「うふふ、きっとそう言うと思っていました。では10階層までは私達にお任せ下さい」

フランカさんと簡単な挨拶を行った後、すぐにダンジョンアタックが開始された。

「無理に魔物と戦う必要はありません。無視できる魔物は全て置いていきます」

ダンジョン内を走りながら、フランカさんがメンバーに指示を出す。

今は俺達の周囲をグリーンウィングのメンバー達が取り囲んでいる。

ダンジョン上層に現れる魔物なら、グリーンウィングのメンバー達だけでも対応はできる。

なのでグリーンウィングは俺達には一切戦闘をさせないつもりなのだろう。

近づいてくる魔物に対して魔法と矢で出鼻をくじいた後、そのまま目の前を通り過ぎる。

グリーンウィングは、ほぼ全力疾走《ぜんりょくしっそう》で俺達を先導してくれた。

「ずっと走りっぱなしで大丈夫かよ？」

「魔物と戦いながらだから、相当疲れると思う」

肩で息をしながらも必死に俺達を先導するグリーンウィングの姿を見て、ダンとリオンは不安げな表情を浮かべる。

しかし彼等の頑張りのおかげで、俺達はなんと1日で5階層まで降りることができたのだ。

それは普通では考えられない、まさに限界を超えた攻略速度だと言える。

その原動力は、支援を名乗り出てくれたグリーンウィングの協力だろう。

彼らが絶えず先行し、進路上の魔物を全て倒してくれたことが大きい。

俺達はただ最短のルートを突っ走るだけで、気付けば5階層にたどり着いていたという訳だ。

「今日は疲れただろ？　戦闘をしたうえにずっと走り続けていたんだから」

「大丈夫です。僕たちは今回のアタックで、オラトリオの皆様から受けた恩を少しでも返したいと思っているのですから」

ハンネルは力強く返答を返す。

休憩中の見張り役や交代で行う警戒も、全部グリーンウィングのメンバー達がやってくれている。

「ここまでして貰ったら逆にこっちが気を使ってしまうな」

「でも、みんな嬉しそうじゃん。みんながやりたいように、やらせてあげようぜ」

俺の吐露《とろ》を聞いていたダンの言葉が俺の心にストンと落ちた。

（たまにはいいことを言うじゃないか!?　ダンのポジティブな所は俺も見習った方がいいかもな）

この年になってもまだまだ成長できると俺は感じていた。

その後もグリーンウィングのメンバーは、ポーションを湯水のように使い続けながら最後まで殆ど変わらない速度で10階層まで連れて行ってくれた。

そして無理をした結果、10階層にたどり着いた安堵感から次々と地面にへたり込み動けなくなる。

俺はグリーンウィングのメンバーの傍に移動すると、全員に向けて頭を下げた。

「たった2日で10階層に到着できたのも全部みんなのおかげだ。本当にありがとう」

「いえ、私達にできるのはこの程度のことです。私達は休憩を取った後、地上へと帰ります。オラトリオの皆様は気にせずに10階層にお向かい下さい」

グリーンウィングを代表して、フランカさんが総意を述べる。

俺がグリーンウィングのメンバー全員に視線を向けてみると、誰もが満足した晴れやかな表情で笑っていた。

「それではお言葉に甘えて、俺達はこのまま先に進みます。帰り道は気を付けて下さい」

「私達のことは大丈夫です。全員で力を合わせることができれば、どんな相手であっても乗り越えられると分かりましたから。さぁ、10階層へ！」

フランカさんはそう告げると、俺達を見送ってくれた。

「リオンちゃん、頑張ってね。絶対に無理はしちゃ駄目だよ」

「ありがとう、エリーナちゃん」

「ダンさんも気を付けて下さい。戻ってきたらセカンドアタックの話を聞かせて下さいよ」

「へへっ、このまま攻略してくるから、ハンネルも土産話《みやげばなし》を楽しみに待っていてくれよな」

「みんな準備はいいな。俺達は今から10階層に向かう」

グリーンウィングのメンバー達も立ち上がり、俺達に手をふっていた。

第二二章　B級ダンジョンの攻略

10階層に突入した俺達は破竹《はちく》の勢いで攻略階層を増やしていく。

前回の攻略で15階層までは来ているので、各階層の構造や出現する魔物の対策も完璧だ。

ダンやリオンは10階層まで戦えなかった鬱憤《うっぷん》を晴らすかのように、現れる魔物を我先とばかりに倒し始めた。

「いやぁ～、これは凄いですね。私が入る隙がありません」

リンドバーグが感心した様子で、嘘のない称賛を口にする。

「リンドバーグの言う通りだが、これからも目を掛けてやって欲しい」

「どういうことですか？」

「今の2人は強いが、まだまだ実戦経験が足りないからな。だから必ず何処かで足元をすくわれる時がくる。その時はリンドバーグ、お前がフォローしてやって欲しい」

「分かりました。私がフォローできることがあるなら、その時は頑張らせて頂きます」

リンドバーグは笑顔でそう言うと、5匹の魔物と対峙している2人をサポートする為に、走り出した。

今回のアタックに対するメンバーの想いは強い。

俺もグリーンウィングの支援に報いる為にも、今はダンジョンを攻略することだけに集中しよう。

その後も俺達は順調に攻略を進め、念願の20階層へとたどり着く。

ここまで来るのに掛かった日数はなんと6日間。

打合せの時、俺が予想していた日数よりも1日早い。

スタートは出遅れてしまったが、20階層に来る日数までに1日だけでも巻き返すことができたのは大きな成果だ。

まだまだ先頭を進むパーティーとの差は大きいとは思うが、この調子でいけば何処かで追いつける可能性は十分あるだろう。

俺達はその勢いを維持したまま、二つ目のフロアギミックが待ち受ける20階層へと突入する。

◇◇◇

20階層に入る前、俺はメンバーにフロアギミック対応の装備を手渡した。

「今度は白いローブか」

「二つ目のフロアギミックは雪に覆われた銀世界とのことだからな。そのローブが寒さからお前達を守ってくれる」

全員がローブを身につけた後、俺達は20階層に足を踏み込む。

20階層は一面が美しい雪景色だった。

この美しいステージには雪に紛れた魔物が生息しているとのことだ。

「うわぁ～、すっげぇぇぇな。見える限り真っ白じゃねーか」

「うん本当に、凄く綺麗！」

リオンとダンは雪景色《ゆきげしき》に感動し、興奮気味である。

俺達の国は冬になっても雪が降るほど寒くはならない。

なので２人は雪と接するのが初めてだった。

「２人共、雪が綺麗なのは分かりますが、油断していたら大事になりますよ」

はしゃいでいる２人を注意したのはリンドバーグだった。

「雪の中を進むのは足を取られるので疲れるうえに、途中で倒れたら確実に凍死してしまいます。

もちろん戦闘になった時も本来の戦い方ができません。足を止めて戦うダン君なら大丈夫ですが、素早い動きで敵を翻弄《ほんろう》するリオンさんは特に油断しないで下さい」

リンドバーグはそう告げると、実際に雪の上を歩いてみせる。

雪の絨毯《じゅうたん》にリンドバークの足が喰い込み、くるぶしの辺りまで足が沈み込む。

「本当だ。動きに影響が出そう……10階層は砂で、20階層は雪か～。戦い方を考えた方がいいかも。

リンドバーグさん、ありがとうございます」

リンドバーグの実演を見て、リオンは感謝を口にした。

「リオンさんの戦闘スタイルなら、ギリギリまで魔物を惹きつけて避けながら一撃で倒す方がいいでしょう」

「うん。やってみる」

　リンドバーグは的確なアドバイスをしてくれている。

（リンドバーグがギルドに加入してくれたのは大きいな）

　俺はリンドバーグという頼もしい仲間が増えたことに満足感を覚えた。

「それにしてもこのローブ……真っ白って、まるで雪と同じみたいだな」

　ダンは面白そうに笑っていたが、実はそれを狙って白色のローブを注文していた。

　白色の染色作業で他のパーティーよりも仕上がりに時間が掛ってしまったことが、出発が遅れた原因である。

「いい所に気付いたな。そのローブを着ていると雪と同化して、魔物に気付かれ辛くなるんだ」

「へぇー、そうだったんだ。流石はラベルさんだぜ」

「魔物にはいろいろと種類があって視覚で冒険者を察知する魔物や、音や体温で冒険者を察知する魔物もいる。保護色で身を隠すことで、戦闘の回数を減らすことができるんだ」

「そんな所まで考えたことねーや」

「普通はそんなもんだよ。それに一番多いのは視覚だから気にすることもない」

「了解」

「この階層に出現する魔物が、視覚で冒険者を見つけるタイプなら、多少の効果はある筈だ。ただでさえ冒険者にとって不利な雪のステージなんだ。戦闘は少ない方がいいだろ」

　こういう偽装工作をやる冒険者は少ないのだが、俺は長年の経験から十分効果があると考えている。

「さて、準備も終えたことだ。20階層を進んで行くぞ」

「はい！」

俺達はゆっくりと一歩ずつ、雪に足を喰い込ませながら進み始めた。

魔物との戦闘になった場合、雪で動きが鈍くなる俺達の方が不利となる。

なのでこの階層を抜ける為に一番重要なことは、魔物と極力戦わないということだ。

それは行き帰りの両方で言えることだろう。

その為の迷彩ローブだった。

あと大事なことと言えばしっかりとした地図を作ることも大切だ。

しかしこのステージは大草原の上に雪が降り積もってできあがっている。

その為、もともと障害物が少ないので地図が作り辛いのが難点だった。

地形の特徴を詳しく書き込みながら、俺は地図を作成していく。

そして20階層の攻略を開始して30分程度歩いた時、俺達は魔物と遭遇することとなった。

真っ先に気付いたのはリオンだ。

手を挙げて立ち止まると、無言で前方に指を差した。

リオンの指の先には、体長2メートルを超える巨大な白熊の姿が見える。

目は赤く、鋭い爪は黒光りしており、大きな牙が剥《む》き出しになっていた。

ゆっくりと巨体を動かしながら歩いている。

「あの魔物の名前はジャイアントベアーだ。普通は黒い毛色をしているが、どうやらこの階層では保護色で白い毛色に変わっているみたいだな」

俺達と同じように魔物もステージによってその形態を変えている。

「保護色の魔物の攻撃は見えづらいから気を付けてくれ。幸いにも今回は俺達に気付いていないみたいだ。慎重に動いてこのままやり過ごそう」

「魔物は気付いていないんだろ？　なら、先制攻撃ができるじゃん。ラベルさん、魔石も手に入るし倒した方がいいんじゃないの？」

「お前の言いたいことはわかるが、戦闘は極力避けた方がいい。どうせ何処かで戦う羽目にもなる。お前達はこの機会に魔物の大きさや動きなどをしっかりと観察しておくんだ。一度見ておけば、ある程度の動き方は予想できるだろ？」

「うん」

「あいよ」

俺達はフードを深くかぶり直すと、雪に紛れながらジャイアントベアーの観察を行った。

しばらくするとジャイアントベアーは少しずつ離れて行き、そのまま姿を消していく。

白色ローブは俺達の姿を完全に雪と同化させてくれているようだ。

「この階層の魔物はとにかく強い。一撃でも貰えば致命傷になる場合もある。戦闘になった場合、絶対に油断だけはするなよ」

俺の言葉に全員が頷く。

魔物が完全に過ぎ去った後、再び移動を始めた。

しばらく移動していると頭上から白い雪が降り始める。

「雪だ！　ラベルさん雪が降って来た。俺、雪が降るの初めて見たぜ」

「私も初めて見た」

降り始めた雪を見つめ、楽しそうに話し合う2人を横目に俺は不安を胸に抱く。

「これは、ヤバいかもな……」

俺の呟いた言葉通り、新しい試練が俺達に襲いかかろうとしていた。

◇◇◇

降りだした雪は時間の経過と共に勢いを増し始めた。

更には強風も加わり、周囲は吹雪と化していく。

視界は10メートル程度まで減り、策敵《さくてき》も碌にできない状況だ。

真っ直ぐ進むだけでも、雪を含んだ強風に抵抗され押し返されそうになる。

魔物と戦っていないにも関わらず、体力だけは猛烈に消耗《しょうもう》していく。

しかし立ち止まる訳にも逆に引き返すこともできないので、俺達は避難できる場所を探しながら行進を続けた。

いくらフロアギミック対応の耐冷ローブを装備していても、装備の隙間から入り込む冷たい風が俺達の体温を下げていく。

今は早く風が当たらない避難場所を見つけて、暖を取るのが最優先だった。

「みんな止まってくれ。そこに倒木が転がっている」

俺達の数メートル先には長さ15メートル程度の枯れ木が数本倒れていた。

この吹雪で倒れたのかもしれない。

「今からこの倒木を利用して臨時の避難場所を作るぞ」

「避難場所を作る⁉　俺達で？」

ダンはビックリした様子だ。

「確かにこのまま吹雪の中を進むのは危険でしょう。幸いにも倒木の太さは20センチメートル位ありそうですし、骨組みとして十分使えそうですね。では早速準備をしましょう」

ダンと違って、ベテランのリンドバーグだけは俺の考えを理解してくれた。

そして真っ先に行動へと移してくれた。

「この吹雪の中を歩き回るのは得策ではないからな。俺とリンドバーグが倒木を切断して材料を集めるから、その間にダンとリオンはこの場所の雪をどけて地面が見えるようにしておいてくれ」

「うん。分かった」

「雪をどければいいってことだよな？　その位なら俺にもできるぞ」

「それじゃ、リンドバーグは俺と倒木を裁断《さいだん》して骨組み集めだ」

「分かりました。指示をお願いします」

俺はリュックから折り畳み式のノコギリを取り出すと、リンドバーグと共に枝を切り取り、倒木を等間隔で切ることで木材を手に入れていく。

材料が集まった後は、リオン達が雪かきを終えた地面を更に少しだけ堀込む。

そして用意した木材を俺とリンドバーグが組み立て始めた。

釘《くぎ》とかは持って来ていないので、スパイダーの魔石を使い蜘蛛の糸で骨組みを縛り上げることで木材を固定していく。

(スパイダーの魔石……便利だな)

今後もお世話になりそうなスパイダーの魔石を、今後もできる限り集めておこうと俺は心に誓う。

骨組みの大枠を長方形に組み上げた後、格子状《こうしじょう》に枝を取りつける。

その後、取り付けた枝の上から雪を叩きながら重ねることで、雪で作った小屋を作り上げる。

雪を固めたことで雪は氷と化し、この強風下でも崩れない強度を持つようになる。

小屋の内部の雪を外に出しているので、最悪シーツを敷《し》いて身を寄せ合えば眠ることも可能だ。

雪が降るステージではいろいろな方法を駆使して、冒険者達は寒さを凌《しの》いでいる。

今回は運良く倒木があったので、簡単に避難場所を作ることができた。

実際に中に入ってみると、風も入って来ないので休息するには十分だろう。

「すっげーな。簡単に小屋ができたぞ」

「それに小屋の中って意外と温かい」

「流石ですね。ここまで効率良く小屋ができると、私も思ってもいませんでした」

「雪越しにはいろんな方法があるから、その状況に応じた方法を覚えて置くことが大切だ。それらの方法を組み合わせることで、どんな状況でも対応できるようになる」

全員、寒さで体も冷えているので、今回は小屋の中で木を燃やし身体を温めながら吹雪が止むのを待つことにする。

その後も吹雪は何時間も続き、俺達は見張り役を交代しながら休息を取った。

全員が雪小屋の中に入った後は、入口部分を雪で塞ぎ小さくする。

こうすることで室内に入って来る風を減らせる上に、魔物に気付かれる可能性も少なくなる訳だ。

無風の雪小屋の中にいれば、耐冷ローブのおかげで寒さを感じないので、睡眠を取ることもできた。

全員が数時間の睡眠をとった頃には吹雪も止み、外は真新しい銀世界を作り上げていた。

実際に俺が外に出てみると吹雪で新しい雪が積もっていたが、雪は固く締め固められているので進むには問題がなさそうだ。

俺は全員に声を掛けると、荷物をまとめ攻略を再開させる。

吹雪の間は寒さで俺達を苦しめてくれたのだが、吹雪が止んだ今は頭上から降り注がれる光が雪で反射し周囲一帯が光の世界へと姿を変えていた。

吹雪が去ったと思えば、今度は別の障害が俺達を襲ってきたという訳だ。

「全員フードを深く被れ！　このまま光を見続けていたら目が焼けてしまうぞ」

俺達は反射の対応策としてできる限りフードを深く被り、目元から下は布で覆い日焼けを防ぎ、光を直接見ないように工夫をして進む。

途中、魔物の姿を何度も確認したが、魔物の方は俺達には気付いていない。

距離もあるが、理由はそれだけではない。

俺達のローブが白色な為、魔物は俺達を認識できていないのだ。

極力戦闘は行わずに、この極寒のステージを進んでいる俺達の行進速度かなり速いだろう。

魔物との戦闘は互いの実力差がある場合は数分程度で終わるのだが、実力が近い戦闘は何十分も戦う時がある。

更にこの極寒の中では雪で足を取られるうえに、寒さで体力の消費も激しい。

なので戦えば戦う程、冒険者の移動速度は遅くなっていくのだ。

そのことを分かっている俺は、今がチャンスとばかりに行進速度を上げていく。

そしてしばらく進んで行くと、先頭を進むリオンが急に声を上げた。

「この先で、一面氷が広がっているよ」

リオンの言葉通り、進路上には視界一杯に広がる大きな湖が立ちはだかっていた。

近くで見てみると寒さで湖面は凍っており、歩くことも可能だろう。

湖畔《こはん》までたどり着いた俺は、この先のルート選択を迫られる。

（ルートは三つ、さてどれにするか）

俺は一旦休憩を取り、その間にルートを決定することにした。

一つ目は湖を迂回するルート。

その時は右ルートか左ルートのどちらかを選ぶ必要がある。

そして残る選択肢は、このまま真っ直ぐ氷の上を突き進むルートだ。

何もなければ氷の上を渡るのが一番早いルートだが、もし戦闘になれば一番危険なルートになるだろう。

（もし氷が割れて水中におちたら……）

俺の目の前には巨大な凍り付いた湖が広がっていた。

試しに一歩だけ氷の上に足を載せてみると、その分厚い氷が俺の体重をしっかりと支えてくれている。

「氷は分厚いから、歩くことは問題なくできそうだな」

俺は氷の上でジャンプしたりして、状態を確かめる。

「下に降りる階段は湖の向こう側にあるんだろ？　なら凍った水の上を歩いて真っ直ぐ進んだ方が、距離が短くなって速くていいんじゃね？」

ダンがいつもの調子で軽口を叩いていた。

「ダン君、君は考えなしに行動することが多いですよ」

真面目な性格のリンドバーグがダンに注意を始める。

リンドバーグが教育係をしてくれるようになって、俺の負担もかなり減っている。

感謝してもしきれない位だ。

「何に対してもまずは疑わないと、そんな調子ではダンジョン攻略なんてできません。安易に氷の上を移動して、途中で水中から魔物に襲われたりしたらどうします」

「避ければいいじゃん……」

「上手く避けることができればいいですが、最悪の場合は凍った水の中に引きずり込まれるかもしれないんですよ」

「ひぇぇぇ、凍った水の中はヤバすぎる。それだけは勘弁して欲しい」

注意を聞いてダンも素直に反省をはじめた。

リンドバーグはオラトリオに参加してまだ短期間であるにも関わらず、2人の信頼を完全に得ていた。

その理由は、いつもお手本になる行動を取っていることが大きい。

性格は真面目で、豊富な経験から導き出されるアドバイスは的確である。

なのでダンとリオンも、リンドバーグの意見には素直に従っていた。

2人のやり取りを見て、雰囲気の良いギルドとなってくれた嬉しさから自然と笑みが浮かぶ。

しかし今は進行ルートを決めることが最優先事項だった。

俺が決めないことには攻略は止まったままとなるからだ。

俺はしばらく考えた後、進むべきルートを口にする。

「このまま湖の周りを左から迂回して進もう」

「ラベルさん、本当に氷の上を真っ直ぐ進まないでいいの？」

「リオンもダンと同じように、氷の上を進んでショートカットした方がいいと思うか？」

「……うん」

俺の質問にリオンは頷いた。

「俺も最初は真っ直ぐ進もうかとも考えたが、リンドバーグが説明してくれた通りだ。やはりリスクが高すぎる。ローブの白色は雪に紛れる為の色で、氷の上では効果は薄い。もし魔物が近くにいたら確実に戦闘になるだろう」

「あっ、そうか」

「それに迂回ルートでもし戦闘になったとしても、俺達は地上での戦闘には慣れているから問題なく戦えるはずだ。氷の上では不安定要素が多い」

「確かにそうかも」

「今回、俺は安全を確保することを優先した。これでもし別の冒険者達にダンジョンを攻略されたら、俺のことを罵倒《ばとう》してくれて構わないぞ」

「ラベルさんに文句を言う人なんていないよ。でも攻略を目指すなら、最短距離で真っ直ぐ進むものだと思っていたから」

リオンも自分の考えを相手の目を見て言えるようになっていた。

俺はマスターとして自分の考えを頭ごなしに押し付けるだけではなく、ちゃんと理由を教えたかった。

なので全ての質問に真摯《しんし》に答えるし、行動を起こす前は詳細な打ち合わせを行う。

そういうことの積み重ねで、ギルドの信頼関係は培われていくのだと俺は思っている。

その後、俺達は湖を左に迂回していると湖の中央部分で魔法が打ち上がるのが見えた。

どうやら別のパーティーが氷上で戦闘を行っているみたいだ。

また、他にも別の場所からも火柱が立ち上がったりもしており、湖の上を渡ることを選択したパーティーが複数いることが証明された。

「湖を横断することを選択したパーティーがいるみたいだな。迂回する分俺達の方が移動に時間が掛かる。少し急ごう」

俺は移動速度を上げることにした。

すると先頭のリオンが声を上げた。

「気を付けて、この先に魔物がいる！」

現れたのは二匹のジャイアントベアーだ。

俺達は身を潜め、雪と同化しながら魔物が離れるのを待つ。

しかし保護色のローブを着ていたとしても、魔物と直に目が合ってしまっては仕方ない。

今回は運が悪く、目が合ったことでジャイアントベアーの方も俺達に気付く。

ジャイアントベアーは雄叫びを上げ、俺達はそのまま初めての戦闘へと移行する。

「リオンさん、ジャイアントベアーの攻撃を真正面から受け止めるのは危険です。できる限り避けて下さい」

「うん。了解した」

前衛のリンドバーグとリオンは、ジャイアントベアーの前で剣を抜き構え取る。

中衛の俺は魔石を握ると、戦闘に参加する準備にとり掛かった。

今回選んだ魔石はブラックドッグの魔石だ。

素早い動きで魔物の注意をそらしたり、仲間の援護に入ることもできる。

後衛のダンは弓を構えて、矢を放つタイミングを窺っていた。

最近のダンは俺が指示を出さなくても、自分の仕事をちゃんと理解している。

戦闘に入った瞬間から、いつものふざけた感じは何処にも見当たらない。

「俺が一発で仕留めてやる」

やる気に満ちたダンの様子を見る限り、俺が声を掛けなくても大丈夫だと判断する。

俺も素早くブラックドックの魔石を飲み込んだ。

その間にも戦況は進み、リオンとジャイアントベアーの距離が一気に縮まる。

痺《しび》れを切らしたジャイアントベアーの方が先に動き出したのだ。

相手に恐怖を植え付ける為、ジャイアントベアーは太い腕を振り上げて雄叫びを上げる。

ゴガァァァァー！

ジャイアントベアーは叫び声と共に腕を振り下ろした。

その巨体から繰り出される攻撃をまともに食らえば、小柄なリオンは一撃で吹き飛ばされてしまうだろう。

しかし先読みのスキルを持つリオンは軽やかにサイドに移動すると、ジャイアントベアーの攻撃を余裕で避けてみせる。

空を切ったジャイアントベアーの爪は雪の絨毯を跳ね飛ばし地面を抉る。

攻撃力の高さを俺達に見せつけた。

攻撃を避けたリオンは剣を握る手に力を込めて、ジャイアントベアーの腕に向けて剣を叩きつけた。

「こいつも駄目、毛が邪魔で私じゃ致命傷を与えられない!?」

非力なリオンの攻撃はジャイアントベアーの腕を軽く切った程度で、致命傷を与えることはできなかった。

B級ダンジョンに入ってから、リオンは自分の弱点を痛感することが多い。

「悲観することはありません。ジャイアントベアーの固い体毛が邪魔をして剣で切るのは難しいのなら、喉や急所を突いて倒しましょう!」

リオンにアドバイスを送ったリンドバーグも苦戦を強いられている。

リンドバーグは盾を上手く使ってジャイアントベアーの攻撃を受け流しているが、反撃する余裕は全くない。

そのことをジャイアントベアーも本能で感じ取っているようだ。

グォォォォー
ジャイアントベアーは狙いをリンドバークに定める。

そして大きな雄叫びを上げながら立ち上がり、リンドバーグに対して集中攻撃を仕掛けた。

リンドバーグは必死の形相で攻撃を迎え撃つ。

「俺がいることも忘れるなよ! くらえぇぇぇぇっ!」

その瞬間、ダンの叫びと共に矢が放たれた。

放たれた矢は、立ち上がったジャイアントベアーの片目に吸い込まれていく。

ギャァァァー！

ジャイアントベアーの片目に矢が刺さり、痛みに狂ったジャイアントベアーは振り上げた腕を無作為に振りまわしている。

「ダン君、助かりました」

落ち着いたリンドバーグはタイミングを計り、周りが見えていないジャイアントベアーの喉に剣を突き止めをさした。

ジャイアントベアーはリンドバーグの攻撃によって、大量の血を喉から放出させながら雪に倒れ込む。

残る一匹と向かい合っていたリオンの横には俺が寄り添っていた。

「リオン、俺にも手伝わせてくれ」

それだけ伝えると俺はリオンの前に移動し直し、ジャイアントベアーに対して剣を振り抜く。

魔石の力で強化された俺の攻撃力はリオンよりも高く、ジャイアントベアーの身体に深い傷をつけることができた。

その結果、ジャイアントベアーの標的がリオンから俺へと変更される。

それを確認した俺はジグザグに動きながら、ジャイアントベアーに突進を仕掛けた。

ジャイアントベアーは俺を弾き飛ばす為に大きな腕をスイングさせた。

しかし俺はその攻撃を察知し、足を止めて一気に立ち止まる。

俺の顔から数センチ先を鋭い爪が通り過ぎた。

俺に気を取られている間に、リオンはジャイアントベアーの死角を突いて後方へと回り込んでいた。

俺への攻撃が空を切った為、身体が流れて一瞬な防備な状態へと化したジャイアントベアーにリオンが攻撃を仕掛ける。

リオンは全力の突きを放ち、ジャイアントベアーの喉に剣を喰い込ませた。

ギャァァァァー
リオンの一撃によって大きなダメージを受けたジャイアントベアーだったが、まだ戦う気力は残している。

大きな叫び声を上げながら両腕を振り上げ、最後の悪あがきを始める。

ジャイアントベアーの攻撃に備えて距離を取ったリオンの反対側では、急停止した俺が再始動していた。

ジャイアントベアーの懐に潜り込むと下腹部に剣を喰い込ませる。

「リオン見ておけよ。ジャイアントベアーのこの部分だけは皮膚が薄い。関節や喉以外を狙うならこの場所を狙え！」

下腹部に剣を喰い込ませた後、俺はそのまま喉に向けて剣を滑らせた。

ガァァァァー

ジャイアントベアーは口を大きく開き断末魔《だんまつま》を上げた後、その動きを停止させる。

そしてそのまま前方へと倒れ込んだ。

行動を停止させた2匹のジャイアントベアーは二度と動くことはなかった。

「リオン、いい動きだったぞ」

「うん、今度は上手くやれた！」

リオンが嬉しそうに腕を振り上げ、ガッツポーズを取る。

俺も理想的な連携が取れたことに嬉しさを感じた。

そのままジャイアントベアーから魔石を抜き取り、攻略を再開させる。

数時間後に俺達が対岸に着いた頃には、戦闘が行われていた湖は静かになっていた。

「湖で戦っていた人達ってどうなったんだろ？　静かすぎるよな？」

「本当……さっき見た湖の戦闘がなかったように今は静か……」

その後、2人は予想を話し合ったりしていた。

俺の予想では湖を渡るルートを選択した殆どの冒険者は、ここまでたどり着けていないだろう。

その理由として、目の前の氷が余りにも綺麗すぎるからだ。

もし冒険者達が、氷の上を渡ってこの場所までたどり着けたと仮定するなら、氷の表面に何らかの傷跡《きずあと》が残っていないとおかしい。

けれど見える範囲の氷には傷一つ付いていていない。

それが誰も此処までたどり着けてないという証拠だといえる。

しかし俺の予想を誰かに話すつもりはなかった。

冒険者は判断一つ誤れば、簡単に命を落としてしまう危険な職業だ。

「先を急ごう」

俺はそれだけ伝えると先に進み始める。

更に一匹のジャイアントベアーが現れたので、苦戦することなく倒し魔石を手に入れた。

そして対岸の先には予想通り、下層に降りる階段があった。

こうして俺達は20階層を抜けることに成功したのだ。

◇◇◇

二つ目のフロアギミックがある20階層を突破した俺達は、その後順調に攻略階層を重ねていく。

21階層と22階層は巨大な鍾乳洞《しょうにゅうどう》で、23階、24階層は変哲もない草原ステージだった。

フロアギミックがない階層は魔物にだけ注意すればいいので、特に苦戦することもない。

そして俺達は攻略を進め、今は28階層へとたどり着いていた。

10階層までは2日で到着し、20階層までは6日でたどり着いている。

そして28階層には12日間だ。

ちなみにこの階層にたどり着く迄の間、俺達は他のパーティーとは出会っていない。

離れた場所で戦闘をしている音が聞こえてくることはあったので、近くに別パーティーがいるのは間違いないだろう。

ダンジョンの下層に潜れば潜るだけ、冒険者の数は少なくなっていく。

それだけダンジョンは広大で更に無数のルートが存在している証拠でもある。

ただ選ぶ道によって難易度は大きく違うだけだろう。

ルート選びも攻略速度に大きな影響を与える要因の一つであり、リーダーの腕の見せ所でもある。

この階層にたどり着く迄に、俺達はかなりの無茶をしていた。

スタートに出遅れた俺達が精鋭揃いのトップに追いつく為には、マイペースに攻略していては絶対に追いつけない。

時には疲労を度外視して、無茶する必要もあると判断したからだ。

俺がメンバー達の様子を窺うと、疲れているのが見て取れた。

だがそれを口にする者はいない。

オラトリオがダンジョンを攻略するという目的の為に、全員が必死で戦い続けている。

◇◇◇

「やっと28階層にたどり着いたが、こりゃ冒険者泣かせのステージだな」

俺は28階層を見渡して、ため息を吐いた。

「うぁー、凄く綺麗……」

「これは……確かに凄いですね。捜索組がこの階層迄たどり着けたなら、きっと踊り狂いまくっていますよ」

28階層にたどり着いた俺達の前には、光り輝く魔水晶や黒光りしている鉱石が無数に生えた、幻想的な煌《きら》びやかな世界が広がっていた。

ダンジョンで手に入る魔水晶は大量の魔力を蓄えている貴重な鉱石で、高値で取引されている。それにB級ダンジョンで魔水晶はあまり採取できない。

魔水晶は基本、A級ダンジョンで採掘される鉱石だった。

その魔水晶がB級ダンジョンで簡単に取れる今の状態は、まさに宝の山に思えるだろう。

「俺も今日まで数えきれない程B級ダンジョンを攻略してきたが、これ程の魔水晶が生成されている光景は初めてだ」

「私も初めて見ましたよ」

俺とリンドバーグは、この美しい光景に見入っていた。

「この水晶が高く売れるんだろ？　なら持てるだけ取って帰ろうぜ」

「邪魔にならない程度なら採取してもいいが、俺達は素材を集めに来たんじゃない。今回はダンジョンを攻略しに来ているんだ。荷物が増えたら重くて戦えないだろ？」

「マスター、もしかして私達より先行している筈の攻略組が未だにダンジョンを攻略できていない理由は、この階層が原因なのでは……」

この階層にたどり着いた時点でまだダンジョンが攻略された形跡《けいせき》はない。

もし先行のパーティーがいるなら、そろそろ攻略されてもいい頃である。

「多分、リンドバーグの予想通りだと思うぞ。この階層で魔水晶を集めているから攻略が止まってしまったんだろう。これは追い抜くチャンスだ」

「なんか勿体ない気もするけどな。攻略した帰り道に取って帰るってのは？」

「ダン、残念だけどダンジョンを攻略した瞬間、ダンジョン内にある鉱石もただの石へと変質するんだよ」

「へっ⁉ 石に変わる？ それじゃ、帰りに採取して帰るのは？」

「無理だな。鉱石が欲しいのなら、今の内に採掘しておいてこの場に隠しておくしかない。その方法ならダンジョンを攻略した後でも持って帰ることはできるぞ。しかし他の冒険者に取られても文句は言えないかなら！」

「そんなぁ～」

「いまだにこのダンジョンが攻略されていない理由も、このお宝に心を奪われ欲を出して採掘に夢中になっているからかもしれないいな」

「えぇぇー、じゃあ諦めるしかないってことかよ。もったいねーの。じゃあ、今ちょっとだけ採取して隠しておこうぜ」

「お前の言いたいことも分かるが、俺達には時間がないんだ。今回は魔水晶を諦めるしかない」

「もったいねぇ～の」

ダンはわざとらしく地団駄を踏んでみせた。

しかしこの状況はチャンスでもある。

「今回はこの階層のおかげでトップに追いつけたかもしれないんだ。悔しがる前に感謝するべきだな」

「ラベルさん、急いだ甲斐があったね」

「リオンにもこの階層に来るまで無理をさせたが、後もう少しだ。一気にダンジョンを攻略するぞ」

俺とリオンはそう言い合うと、ダンジョンの奥へと進んでいった。

◇◇◇

ウォォォォォォォォォォウォォォッ！

28階層を進み始めて10分位が経過した時、大きな雄たけびを上げながら二本足で立つ巨大な土の人形が地面から盛り上がって来た。

「気を付けろ！　この階層の魔物はゴーレムだ。ゴーレムの身体は土で覆われているからかなり固いぞ。腹部に見えている魔石に直接攻撃を与えない限り倒せない魔物だ」

俺はゴーレムと遭遇した瞬間に魔物の特性を仲間に伝える。

ゴーレムはB級ダンジョンで現れる魔物の中では最上位クラスの強敵である。

倒す方法は腹部に露出している魔石に直接攻撃を与える以外なく、例え身体の一部を切り落としても直ぐに修復してしまう厄介な魔物だった。

リーチの短い剣士の場合だと巨大なゴーレムの懐に入り込む必要があるのだが、懐に飛び込むには相当な勇気が必要となる。

ゴーレムの巨体から繰り出される攻撃は剣で防げるレベルではないので、もし一撃でも喰らえばそれが致命傷となってしまうだろう。

遠距離攻撃の場合は、高火力の攻撃でなければ、固い魔石には傷一つ入らない。

連戦が続けば、遠距離職の冒険者はすぐに魔力切れを起こしてしまうだろう。

一般的にはゴーレム一体につき、B級冒険者3人で対応するのが安全といわれている。

唯一の救いと言えばゴーレムは単体の出現が多く、多くても2体位しか現れないということ位だ。

もしもゴーレムの群れが現れたのなら、レイドでも組まなければ対応は難しいだろう。

「マスター、4人しか居ない我々には分が悪いです。もし連戦になれば人数が少ない分、1人ひとりの負担が大きくなります。ゴーレムは攻撃力が高いですが移動速度は遅い。今回は逃げるのが得策でしょう」

ゴーレムは攻撃力が高いが移動速度は遅い。

リンドバーグが提案した様に逃げる方が得策なのは間違いない。

しかし俺には試してみたいことがあった。

「リンドバーク、それは分かっているが……少し待ってくれないか？　実は一つだけ試したいことがあるんだ」

俺はそう告げると、ジャイアントベアーの魔石を口へ放り込んだ。

ジャイアントベアーは20階層に出現した熊の魔物で、圧倒的な腕力と鋭い牙で敵を粉砕する。

戦った回数が少なかったので、手に入った魔石の数が三個と少なかった。

なので他の魔石と違って、試してみることができなかった。

ぶっつけ本番で未使用の魔石を使うリスクはあるが、今まで色々な魔石を食べてきて、ある程度の予想は付いている。

「相手が同タイプのゴーレムなら、この魔石を試すに最高の相手だ。お前の力を俺に見せてくれよ！」

俺は剣を抜いて構えを取り、魔石の効果が現れるのを待つ。

魔石を飲み込んですぐに俺の身体に変化が起き始める。

最初に身体の筋肉が膨張し始めると、膨張した筋肉が俺の体格を一回り大きくさせた。

音を立てて筋肉の繊維が切れそうになる限界まで膨れ上がった後、皮膚には無数の血管が膨《ふく》れ上がる。

そして大量の血液を身体中に送ろうと強く脈を打っているのが感じ取れた。

「うぅぅぅぅぅぅ!!」

俺の心臓は今まで体験したことがないほど、速くそして強く鼓動し続けている。

俺は必死に心を落ち着かせようとした。

「ラベルさん、大丈夫!?」

「大丈夫だ。少し離れていてくれ」

俺の異変に気付いたリオンが、咄嗟に声をかけてくる。

俺は近づくリオンを静止してゴーレムに向けて走り出した。

「うぉぉぉぉおおおお!!」

ゴーレムの特性や癖などは、手に取るように分かっている。

長い間、様々なダンジョンに潜り続けてきた経験は伊達ではない。

最初に狙いをゴーレムの関節部分に定める。

いくら全身が固い土でできたゴーレムといえども、手足を動かす関節部分は他と比べると攻撃が通りやすい。

肘と膝に狙いを澄ませ、俺は全力で一歩を踏み込むとその勢いのままゴーレムの肘《ひじ》に目掛けて剣を上段から振り下ろした。

俺の一撃はゴーレムの腕を叩き落していた。

「オォォォオ！！！」

腕をなくしたゴーレムは怒り狂い、その場で暴れ始めた。

それと同時に落ちた腕が砂状となり、切り落とされた腕元へと集まり始める。

「そうなるのは予想済みだ」

今度は膝を切り落とした。

片足となったゴーレムはバランスを崩して、その場に倒れ込んだ。

「仰向けになって魔石が丸見えだぞ！」

ゴーレムの上に飛び乗ると、俺はそのまま魔石を突き刺し破壊する。

「凄い。あのゴーレムを簡単に倒すとは……」

俺の戦いを後ろから見ていたリンドバーグが、口を大きく開けたまま驚いている。

その気持ちは俺にも分かる。

何故なら俺自身もこれ程簡単に、1人でゴーレムを倒せるとは思ってもいなかった。

安全を確認し、スキルの効果を切る。

するとC級の魔石よりも大きな倦怠感と痛みが全身を襲う。

しかしそんな痛みよりも自分のスキルで魔物と戦える喜びの方が勝り、俺は笑みを浮かべた。

「検証は終わった。さぁ、先を急ごう、最下層まで後2階層だ！」

今の俺なら、ダンジョンマスターにだって1人で勝つことができるかもしれない。

そんな高揚感《こうようかん》が俺を包み込んでいた。

◇◇◇

ゴーレムを倒した後、魔水晶が茂る階層の奥へと進んでいく。

天井付近から差し込む光が魔水晶に当り、角度を変えた光が別の水晶へ光が当たり幻想的な世界を作り上げている。

この階層には、影など何処にも存在しないかと思える程に周囲は光り輝いていた。

美しい景色に目を奪われながら進んでいると、前方に複数の物体が転がっているのに気づく。

「おい……これって装備じゃないか？　どうして装備だけが……」

近づいてみると、それは冒険者の装備品だった。

装備は一つではなく、無数に転がっている。

「こっちにもありますね。全部で5人分の装備が見つかりました」

「装備だけが転がっているって、どう考えても不自然すぎるだろう。この階層に辿り着いたパーティーが魔物に襲われた可能性が高いな」

「それにしては敵の姿が想像し辛いですね。装備は所々潰されている感じなので、力の強い魔物でしょうか？」

リンドバーグは自分の考えを語る。

確かに転がっている装備は、何か強力な力で押し潰されたかのように変形していた。

しかしどうして装備だけが転がっているのか？

それが俺には分からなかった。

俺がわからないと言うことは出会ったことのない未知の魔物が、この階層には生息しているかもしれない。

「ふむ、どこから襲われるか分からない以上、警戒だけは怠らずに進むしかないな」

俺達は転がっている装備を一ヵ所に集めて、命を落としたであろう冒険者達に祈りを捧げる。

彼等の身元が分かりそうな物だけを預かり、後で冒険者組合に届けるつもりだ。

この階層は宝の山で溢れかえっている。

魔水晶に目が眩んで採取に夢中になっていたところを、魔物に襲われたと俺は推測した。

更に進んでいると、突然リオンが叫び出した。

「みんな、気を付けて。魔物が襲ってくる！」

すると生い茂る魔水晶の隙間から赤い触手《しょくしゅ》のような物が、俺達に向かって飛びかかってきた。

リオンは先読みのスキルで触手の前に先回りしており、向かってきた触手を途中で斬り落とす。

地面に落ちた赤い触手は生き物のように身悶《みもだ》えながら動き続けていた。

その赤い触手は見るからに魔物の一部だ。

俺も今まで出会ってきた魔物と照らし合わせてみたが、合致する魔物を導き出すことはできなかった。

俺が知らない魔物ということは希少種かもしれない。

「全員、警戒態勢を取れ！」

そう声を掛けた後、攻撃が仕掛けられた方角に注意を注いだ。

しかし目の前には今までと同様に魔水晶が広がっているだけで、魔物がいる様子はない。

だが注意深く周囲に目を凝らしていると、少しだけ違和感を覚えた。

「何かがおかしい……」

ふと気になった俺はスパイダーの魔石を飲み込み、指先から糸を発射させ一つの魔水晶に巻き付けた。

そして力いっぱいその魔水晶を引っ張り始める。

ギィー！

すると魔水晶は簡単に転がり、水晶の裏面から先ほどの赤い触手を無数に生やした魔物が現れた。

軟体動物のような骨のない身体をしており、転がされた身体を元に戻そうと必死に触手を動かしている。

「あれが魔物の正体だ！　ダン、矢を放て！」

「分かった！」

ダンは事前に構えていた矢を俺がむき出しにした魔物に向けて放つ。

ギィィィーッ！

矢は魔物のど真ん中に突き刺さり、魔物は断末魔《だんまつま》の叫びを上げるとすぐに息絶えていた。

「何あれ、気持ち悪い！」

「うげぇぇ！」

「まさか魔水晶の内側に魔物がいるなんて」

俺は死亡した魔物に近づき、ナイフを使って魔石を取り出した。

魔石を抜かれた魔物はすぐに灰へと変わり、残された魔水晶の内部は空洞となっていた。

先ほどの魔物はこの空洞の中に身体を隠して、魔水晶に擬態《ぎたい》していたのだ。

「この魔物は海にいる貝類の生き物と同じで、魔水晶を自分の住処としているようだな。固い水晶に守られているうえに、周囲も同じ魔水晶だらけで、どこに潜んでいるか見当もつかない。これは厄介《やっかい》だぞ」

このダンジョンが攻略されていない理由を、魔水晶というお宝の山の採掘作業で足止めを喰らっているものだと予想していた。

しかしこの魔物に襲われて、先に進めなかったという可能性も見えてきた。

周囲は魔水晶だらけで、何処から襲われるのかわからない。

この状況では気が休まる瞬間がない。

魔物自体はそれほど強くはないのだが、ゆっくりと休憩ができないとなると時間の経過と共に疲労は増していくばかりだ。

フロアギミックの階層も過酷であったが、この階層はそれ以上に厄介な階層だと思えた。

「リオン、この階層を攻略するにはお前の力が必要になる。無理をさせるが頼めるか？」

「うん、任せて。私が先導して魔物が襲ってくる前に伝えるから」

「今から索敵はリオンに任せる。この階層は一気に攻略した方がいい。無理をさせるが理解してくれ」

「いえ、こんな危険な階層は私も初めて目にしました。マスターがおっしゃる通り、素早く抜けるのが一番でしょう。リオンさん頼みましたよ」

「リオンねぇちゃん、疲れたら言ってくれよな。ねぇちゃんが休憩している間は俺達が守ってやるからよ」

俺達は攻略を再開させた。

その後、この水晶の魔物から俺達は頻繁に襲われることになる。

何度か戦っていて分かったことがある。

魔物の特徴として、自分の触手が届く範囲に入らなければ襲って来ないということだ。

なので俺達が休憩していると、魔物の方から気づかれないように近づいてきたりする。

「ダン君、あの魔水晶が動きましたよ。矢の準備をお願いします」

「あの魔水晶ってどの魔水晶だよ？」

「私が指を指した水晶ですよ。ほら少し動いたでしょう」

「あーっ、イライラする！　水晶だらけでどれか分かんねぇーって！」

「ダン、そうイライラするんじゃない。俺が魔物を教えてやるから、2人はその後の対応を頼む！」

俺はスパイダーの糸で次々に水晶に紛れた魔物を引きずり出した。

長年のダンジョンアタックで、俺の精神力や集中力はかなり鍛えられている。

俺は微《かす》かな違いを経験から感じ取り、魔物が擬態している魔水晶を見極めていた。

出会ったことのない魔物で最初は戸惑ってしまったが、何度か戦っている内に特徴も掴むこともできた。

今なら魔水晶の山の中であっても、ほぼ間違えることなく魔物を言い当てることができるだろう。

A級やS級では一歩間違えれば命を落とす場面が何時間も続いたりもすることもある。

それに比べれば、この程度はどうってこともない。

「流石に転がしてくれたら、分かるっての！」

ダンとリンドバーグが分担しながら俺が転がした魔物に止めを刺していく、その間に俺は休憩中のリオンに声をかけた。

ダンジョン内の休憩は煙玉を使って魔物除けをするのが一般的だが、このステージでは索敵自体が難しく、完全に敵がいないという確約が取りづらい。

なので交代で周囲の警戒をしながらの休憩を取る以外の方法がなかった。

「リオン、大丈夫か？　スキルの使い過ぎで疲れているだろう。今はこれを飲んで休んでくれ。休憩中はスキルを使わなくてもいいからな」

「うん、ありがとう。でもまだ大丈夫だよ」

俺はマジックポーションを手渡して、リオンの魔力を回復させる。

休憩以外は索敵でスキルを使い続けている為、休憩はリオンを休ませることが最大の目的だ。

魔力の回復には専用のポーションがあるのだが、疲れた精神は休憩するしか回復させる方法がない。

その後も俺達は適度に短い休憩を取りながら、リオンの疲労が蓄積《ちくせき》されないように注意しながら攻略を進めていく。

その途中で、また冒険者の装備が転がっているのに気づく。

今では水晶の魔物に襲われて、その身を喰われた亡骸《なきがら》だと全員が理解できている。

この状況を見て、ダンとリオンもダンジョンアタックは命がけだという事実を肌で感じ取ってくれている筈だ。

そしてこういう経験の積み重ねで、俺やリンドバーグの言葉の真意を理解できるようになるだろう。

それから数時間をかけて、俺達は強行軍《きょうこうぐん》を完遂させた。

俺達は28階層の攻略に成功したのだ。

続く29階層は28階層と違って、普通の大迷宮へと変わっている。

出現したのは蛇《へび》の魔物で【ポイズンスネーク】と呼ばれている魔物だった。

噛まれると身体に猛毒を流し込んでくる危険な魔物で、毒の対策が必須だ。

B級ダンジョンの中で、ゴーレムと一・二を争う強敵に分類されている。

蛇の魔物には体の模様を変化させて擬態させる魔物もいるが、このポイズンスネークには擬態能力はない。

全長5メートルを超える巨体をしているので、擬態しても意味がない為だろう。

「ポイズンスネークは口から猛毒を吐くぞ。ダンは大きな口を開いた瞬間を狙うんだ」

「了解！」

「リンドバーグとリオンは左右に分かれて、各自判断で攻撃をしろ。たまに尻尾を振り回してくるから気をつけてくれ。俺は真正面から攻める」

「うん、わかった」

「了解しました」

魔物自体は強敵だが、俺達も負けてはいない。

俺としても、もしもの時を想定しリュックから解毒剤を取り出した。

それをいつでも使用出できるように、ベルトに取り付けている収納ポケットにはめ込んでいく。

俺のベルトは特注品で、ポーションなどの消耗品をはめ込める小さなポケットをベルトの外側に取り付けている。

普段はポーションをはめ込んでいるのだが、いくつかを解毒剤に変更しておく。

「1人が引きつけたら、もう1人が背後から攻め立てろ！」

「「はい！」」

「ダン！　ポイズンスネークは毒を吐く時、身体を高く持ち上げる。援護する時はそのタイミングを狙え」

「あいよ！」

声を出し合い連携を取りながら戦えば、それ程苦労することもなかった。

俺達は現れるポイズンスネークを問題なく撃破していく。

そして危なげなく29階層を攻略し、遂にB級ダンジョンの最下層30階層に降りる階段の前にたどり着いた。

この階段を下れば最下層である30階層で、最奥にはダンジョンマスターが居る。

どのダンジョンにも言えることなのだが、ダンジョンマスターはそのダンジョンを代表する魔物の上位種族の場合が多い。

このB級ダンジョンは様々な魔物が出てきたので、一体どの魔物がダンジョンマスターになっているのかが気になるところだ。

「休憩を終えたら、階段を下りてダンジョンマスターに会いに行こう。もし危険だと俺が判断したら素直に引き返すこともあるから、俺の指示に従ってくれ」

「ラベルさん、絶対に今回で攻略しようよ！　俺はもう二度とこのダンジョンに潜りたくないよー」

ダンがこの場所にたどり着く迄の苦労を思い出し、本音を口にした。

その気持ちは分からなくもない。

「確かにこのB級ダンジョンは、普段のB級ダンジョンよりも難易度が高いですね。私もダン君の意見と同じでこのアタックで攻略したい所です」

「私は全然心配していないよ。ラベルさんがいてくれるから、どんな魔物が出てきたって負ける気がしない」

大変だったという意見は出ているが、心が折れた者は1人も居なかった。

それがとても心強く感じる。

「それじゃ、ダンジョンマスターの顔を拝みに行こうか」

そう言うと俺は休憩を終えて立ち上がる。

このダンジョンを攻略すれば、俺達はB級冒険者を名乗ることができる。

俺自身としても当然、このアタックでこのB級ダンジョンを攻略してやろうと思っていた。

もし攻略できた暁には、俺のことを聞かれたら堂々とB級冒険者だと答えるつもりだ。

今まで口癖にしてきた【俺はポーターだから】というネガティブな思考は、もはや俺にはなかった。

◇◇◇

最下層は29階層と同じ構造となっていた。

壁や天井にはエメラルドグリーンに輝く苔《こけ》が無数に生息しており、夜空に光り輝く星々のように煌めいていた。

その光景は魔水晶が生い茂っていた28階層にも引けを取らない美しさがあり、緑色に輝く美しい光は神秘的で、この場所が簡単に命を失う危険なダンジョンであるということを忘れさせる程であった。

しかし美しい景色とは裏腹に、出現する魔物は最下層に相応しい強敵だった。

「おいおい。まさか最下層で現れる魔物がお前だとはな」

驚く俺の目の前にはエメラルドグリーンの光に紛れながら、無数の大きな虫が蠢《うごめ》いていた。

「【ボール・カタパルト】の群れか……中々厄介な奴が現れたもんだ」

「ラベルさん、この魔物って最初の方に出ていた奴に似てない？」

「ダン、その魔物で正解だ。このダンジョンの上層で現れたキャタピラーの親玉が、このB級ダンジョンのマスターって訳だ」

「あいつの親玉か!?」

ダンはキャタピラーを思い出して、胸の前で手を叩いた。

「だけど虫のように可愛らしい奴らじゃないからな。ボール・カタパルトは雑食で、もし捕まってしまえば装備の上からでも喰らいついてくるぞ。それに背中は固い外殻《がいかく》に守られているから、剣だけで倒すのは難しい」

魔物の情報を仲間に伝えながら俺は魔石を用意する。

「攻撃方法はキャタピラーと同じで、身体が球体状に丸まって転がりながら体当たりをしてくる」

「それじゃ、あいつと同じで障害物に当って動きが止まった所を狙うんだっけ？」

「ダン、よく覚えていたな。だが倒し方はキャタピラーと少し違うから気をつけてくれ。キャタピラーは障害物にぶつかると一度止まって向きを修正するが、こいつは向きを修正しない」

俺達に気付いたボール・カタパルトが壁から飛び降り、地面で身体を丸めて転がりながら俺達に突っ込んでくる。

丸まった大きさは直径1メートル位の球となっており、突進する速度も俺達の全力疾走と同等程度の速さ。

このまま突進をまともに喰らえば、衝撃で吹き飛ばされるのは間違いない。

しかし突進は直線的であり、サイドステップで避けてみるとボール・カタパルトは俺達の横を通りすぎ、後方へと抜けて行く。

しかし俺達の前にはボール・カタパルトがまだ何匹も残っており、すぐに次の攻撃が開始された。

けれどその攻撃も横に移動することで攻撃を避ける。

攻撃を回避するだけならそれ程難しくはない。

試しに回避の途中にダンが短剣でボール・カタパルトに斬りかかってみたが、俺が言った通りに回転する外殻に弾かれていた。

「堅てぇぇっ！　あいつらより防御力は高いって訳か⁉　見た目は同じでも強さが全然違う」

「こいつの倒し方は幾つかある。地道に攻撃してもいいが、外殻が堅いから倒すのに時間がかかるのが難点だな」

「私には力がないから……苦戦しそう」

ここでもリオンは腕力の無さを痛感する。

「リオンねーちゃん、俺も無理だったから同じだぜ」

「2人とも安心して下さい。ボール・カタパルトはベテラン冒険者でも苦戦する魔物ですから」

リンドバーグがすかさずフォローを入れていた。

「もし攻撃力の高いスキルがあるなら外殻ごと叩き割るのが一つの手だが、別の方法としては炎系の魔法で攻撃するのが有効だ。スキルも魔法もないなら火炎瓶でも大丈夫だ」

「ラベルさん、オラトリオには魔法を使える者がいないから炎を使うの？」

「今回はそうするつもりだが、魔物が無数に現れたら火炎瓶が幾らあっても足りないだろ？　リオンはどうすればいいと思う？」

「一カ所に集められれば……でもどうやって……」

俺の力を使えば意外と簡単だが、今回は魔石喰らい《マテリアルイーター》の能力を使わないで対応してみようと思っていた。

　一度でも経験しておけば、もしも同じ敵と遭遇した時の行動に差が出てくる。

　俺は2人に少しでも多くの経験を積ませ、どんな状況下でも柔軟に対応できる応用力を身に着けて欲しかった。

　その為にまずは、手本を見せなければいけない。

「リンドバーグ、ちょっといいか？」

「なんでしょか？」

　リンドバーグの側に移動し、耳打ちをする。

　俺の説明を受けてリンドバーグは俺が伝えたことを理解してくれた。

　俺達は別々の場所に離れると、壁際に立ち魔物達の注意を引く。

　俺達に狙いを付けたボール・カタパルトが、数匹ずつ突進を始めた。

　俺達は互いにサイドステップで攻撃を避けると、俺達の横を通り過ぎたボール・カタパルトが壁に衝突《しょうとつ》した。

　そして、球体状の形態は解かずに向きを90度曲げ再び回転移動を始める。

　キャタピラーは障害物に接触すると球体状を解いて、向きを変えるのだが、ボール・カタパルトは球状のまま角度を変える。

「リンドバーグ、いけそうか？」

「はい、何とかやってみます」

そのまま真っ直ぐに突進を始め、再び進路上の壁に衝突するとまた90度角度を変えて突進を始めた。

その後も何度か角度を変えながら突進を続けていたボール・カタパルトがなんと、引き寄せられるように一ヵ所に集まり始める。

そして6匹のボール・カタパルトが合流した所で俺は火炎瓶を投げ込み、魔物を火の海に沈めた。

ボール・カタパルトは外殻の乾燥を防ぐために油分を含んだ液体が外殻から常に染み出ているので、一度でも火が付けばよく燃える。

「マスター、上手く行きましたね。ここまで予想通りに事が運ぶとは私も驚いています。角度の計算ってどうやったんですか？」

「リンドバーグが俺の言ったことをちゃんと理解して行動してくれたおかげだ。角度の計算はパズルと同じで、法則をちゃんと理解して数をこなせば自然と分かるようになってくる」

リンドバーグが称賛《しょうさん》してくれているが、ここまで上手く事が運んだのはリンドバーグのおかげである。

「魔物が壁に当たった後、お互いに引き合うように集合したの？　一体どうして？」

「ラベルさん、どういうことなんだよ。俺にも教えてくれよ」

リオンがポカンと口を開けて不思議そうに呟き、ダンは自分も早くやりたそうにしている。

「これはボール・カタパルトの習性を利用した戦い方だ」

俺はリオン達にリンドバーグに話した内容を教える。

「この魔物は突進して障害物に当たった後、必ずジグザグに動く習性があるんだよ」

「へぇー」

「たぶん転がって突進している最中は前が見えないから、同じ方向ばかりに曲がっていると同じ場所をグルグルと回るだけになってしまう。それを防ぐ為にジグザクに動くと言われている」

ボール・カタパルトとは何度も戦ってきた。

魔物の本能や癖など、大体は知っている。

「今回はそれを利用して魔物を一ヵ所に集めた訳だ。ちゃんと魔物の動きを確認して調整すれば思い通りの場所に誘導できるぞ」

「何それ、初めて聞いた」

「いろんな魔物の特徴を知っておけば、スキルがなくても優位に立ち回ったりもできるからちゃんと覚えておけよ」

「私、そんなに覚えられる自身がないかも」

珍しく、リオンが不安を口にした。

「リオンお前なら大丈夫だよ。冒険者を続ける以上は今後も様々な魔物と戦うことになる。魔物の特徴を自分の知識として吸収するんだ。そうすればどんな状況でも焦ったりしなくなるから」

「私も頑張ってみる。ラベルさんもそうやって強くなったんだよね？」

「ラベルさん、次は俺にもやらせてくれよ」

「俺は今日まで様々な魔物との戦いをポーターとして見続けてきた。だけどただ何も考えずに戦闘を見ていた訳じゃない。培った経験は必ず何処かで生きてくる。次にボール・カタパルトが現れたら、2人もやってみるといい」

「うん」

「任せてくれよ」

2人はやる気に満ちた返事をしたが、その後の戦いでは散々《さんざん》な結果が待っていた。

2人ともボール・カタパルトを上手く誘導することができなかったのだ。

理屈は分かっていても、実際に誘導するとタイミングが合わなかったり、角度がおかしかったりと苦戦が続く。

しかし何戦もこなしている内に少しずつ要領《ようりょう》を掴み始める。

それは2人の才能が高いと言う証明でもあった。

「やった。上手くいった」

「リオンねぇちゃん、今回は上手くいったな。やっとコツが分かったぜ」

ボール・カタパルトを上手く誘導し、思い通りに倒すことができるようになった2人は、ハイタッチをして喜び合っていた。

「よくやった。その様子だと、もうボール・カタパルトとの戦い方は慣れた感じだな。それじゃ今からこの階層を攻略するぞ」

その後、俺達はダンジョンの中を進んでいく。

しばらく進んでいると入り口のような影が見えてきた。

「マスター、あれはまさか……」

「きっとあの場所にダンジョンマスターがいる筈だ。みんな準備はいいか？　一度部屋に入ったら最後、途中で逃げるのは容易じゃないからな」

「任せてくれよ！」

「うん、私も大丈夫」

「私も大丈夫です。このまま攻略を目指しましょう」

全員の意思を確認した俺達は、最後の試練であるダンジョンマスターが待つ場所へと向かった。

◇◇◇

ダンジョンマスターが待つ部屋に入った俺達を出迎えてくれたのは、ボール・カタパルトの亜種であった。

このB級ダンジョンのダンジョンマスターはボール・カタパルトの亜種のようだ。

ダンジョンマスターは体長3メートルを超える巨体で、突進する為に丸まった状態で俺の身長と同じ位になる。

更に数十匹の子分も連れており、ボスとの一騎打ちに持ち込むだけでも相当な体力が必要だと予想された。

魔法が使えない俺達には、今回は分が悪い戦いになることを全員が理解していた。

一瞬の油断もできない戦いを想像し、生唾《なまつば》を飲み込んだ。

戦いが始まってすぐに、数十匹のボール・カタパルトが一斉に突撃を仕掛けてきた。

俺は慣れた動きで突撃を避ける。

俺以外のメンバーも各自の判断で動き出した。

そして効率良く魔物を集め始める。

最後の仕上げとして、魔物が集まった場所に俺が火炎瓶を投げ込む。

その作業を数こなしている内に、ボール・カタパルトの姿は殆どなくなっていた。

そして残っているのは最奥でジッと身構えているダンジョンマスターだけとなった。

「残りはダンジョンマスターだけだ。みんなに悪いが、あいつは俺1人で相手をしてもいいか？」

「マスターが1人でですか？　それは危険過ぎますよ。我々が陽動《ようどう》役を務めれば攻撃は分散されて戦いやすくなるのでは？」

「確かにお前の言う通りなんだが、俺は自分のスキルの限界を知りたいんだ。もし危険になれば必ず助けを求める。だから今回は後ろで見守ってくれないか？」

「ラベルさんなら大丈夫だよ。私は信じているから」

「そうだよな。俺もラベルさんが負ける所なんて、全然想像できないぜ」

「……分かりました。もし危険だと感じたら勝手に割って入りますからね」

「我儘《わがまま》を聞いてくれてありがとう」

俺は魔石を口に含むと、1人でダンジョンマスターの方へと歩いて行く。

選んだ魔石はサンドワームの魔石だ。

B級ダンジョンの魔石は効果が高い分、魔力消費量も増えている。

俺の身体には物凄い力が溢れだすと共に、身体から魔力が失われていく。

「ふぅ、今の俺にはB級の魔石を使って長期戦は難しそうだな」

消費する魔力量から考えて、B級の魔石を使っての全力の戦闘は15分が限界だろう。

「時間が惜しいから最初から全力で行かせて貰う！　言っておくが、お前に勝つイメージはもうできているんだよ」

ダンジョンマスターも攻撃態勢に入り、身体を球体へと変化させた。

そしてゆっくりと回転を始めると徐々にスピードを上げていく。

すぐに俺の目の前まで迫ってきたが、俺は焦ることなく地面に手を付けた。

「これでも喰らいやがれ!!」

俺はその場にしゃがむと、手を地面につける。

そしてスキルの力を使って、少し手前の地面を盛り上げていく。

俺はサンドワームのスキルを使って、小さなスロープを作り上げた
突然出現したスロープにダンジョンマスターは高速回転のまま突っ込むしかない。

勢いよくスロープを駆け上がると、その巨体を空中に飛び上がらせた。

俺はその間に別の魔石へとスイッチさせていた。

次に使用する魔石はジャイアントベアーの魔石だ。

スキルを使用することで怪力を手に入れることができる。

ゴブリンの魔石も腕力を向上させてくれるのだが、効果は倍以上違う。

俺はスキルを発動させ狙いを定める。

今回、狙っている場所は回転している中心部分、外殻は堅い外殻で覆われているが、中心部分は身体を丸めているので隙間ができていた。

空中で回転を続けているダンジョンマスターが地面に着地する瞬間、俺は中心部分を狙って、拳を叩き込んだ。

狙い通り、俺の腕がめり込んでいくのを見つめ俺は勝利を確信した。

なぜなら、俺の手には火炎瓶を握りしていたからだ。

俺が殴った衝撃で火炎瓶が割れ、一瞬にしてダンジョンマスターの身体が内側から火に覆われていく。

俺は一瞬で腕を引き抜き、炎に包まれるダンジョンマスターに視線を向けた。

ダンジョンマスターは身をくねらせ、炎から逃げ出そうとしていたが、油分に炎が回り身体全体が炎に包まれた。

そして数分後には黒焦げと化しその場に倒れ込んだ。

ダンジョンマスターが動かなくなった後、ナイフを取り出しダンジョンコアを抜き取ると灰となってそのまま崩れ去る。

「ラベルさんが勝った！　私達、B級ダンジョンを攻略したんだよ」

その様子を見ていたリオンが後ろから飛びついてきた。

リオンは嬉しそうに笑っていた。

「おめでとうございます。これで全員B級冒険者ですね」

「うしし、終わって見たら意外と余裕だったよな」

ダンとリンドバーグも俺の元に駆け寄って来た。

このダンジョンには苦労させられた反面、攻略できた時の嬉しさも格別なものがある。

ダンジョンマスターを倒されたダンジョンは、魔物が出現しなくなる。

そして生成されていた鉱石は石へと変質化するのだ。

そしてフロアギミックは機能を停止させ、数日を掛けて最下層から順番にダンジョンは自然崩壊していくことになる。

後は数日を掛けて最下層から順番に自然崩壊していくだけだ。

当然、ダンジョンを攻略中の冒険者達も突然魔物が姿を見せなくなったり、採取中の素材が変質すればダンジョンが攻略された事実に気付く。

ダンジョンが攻略された以上、後はそれまで集めた素材を持って帰還するしかない。

魔物が出ないので安全に帰還できることが唯一の救いだろう。

第二三章　出迎え

ラベル達を見送った後、グリーンウィングのメンバーは言葉通り、ギルドホームに戻っていた。

「はぁ～　ラベル様は大丈夫でしょうか？」

「マスター、何度目のため息ですか？　そんなに心配しなくても大丈夫ですよ」

フランカの呟きに対して、ハンネルがフォローを入れる。

デザートスコーピオンとの抗争から始まり、オラトリオのセカンドアタックの支援。

連続する難題を乗り越えた代償として、グリーンウィングのメンバーには大きな疲労が溜まっていた。

なので疲れを癒す為に、ダンジョンから帰って来てからの1週間を休暇としたのだ。

しかし休暇の間、フランカは休むどころか、ギルドホームでオラトリオの身を案じてばかりいた。

ハンネルとエリーナもギルドマスターであるフランカのことを心配して傍にいるのだが、こう毎日ため息ばかりを見せつけられると正直疲れてきた。

エリーナも親友となったリオンのことが心配なのだが、口に出したら本当にそれが実現してしまいそうで黙っている。

「なぁエリーナ。ちょっと聞きたいんだけど？」

「何よ？」

ハンネルは双子の妹であるエリーナに小声で相談をかける。

「マスターのことなんだけど」

「うん」

「ずっとオラトリオのことを気にかけているけど、オラトリオじゃなくてラベル様って言っているよね？　それってもしかして……」

「はぁ～!?　ハンネルって今まで気付いていなかったの？　本当、鈍感!!」

「鈍感って!?　それじゃ、やっぱり」

「ええ、そうよ。マスターはオラトリオのマスターのことが好きなのよ。そりゃあれだけ凄い人だったら、惚れるのも無理はないわね。私もラベルさんがあと15歳位若かったら惚れていたかも」

「ひえぇぇぇ～やっぱりそうなのか。いろんな冒険者から言い寄られても、全く相手にもしなかったあのマスターが、まさか恋に落ちるなんて!?」

「他人から言われるのと、自分から好きになるのは全然違うものよ。やっとマスターのお眼鏡にかなう男性が現れたってことね」

「マスター、上手くいくといいけど」

「マスターはモテるから大丈夫なんじゃないの？　あっ!?　もしマスターの恋が上手くいったら、オラトリオとグリーンウィングが合流するかもしれないじゃない。そうなったらリオンちゃんと同じギルド!?　決めた私マスターの恋を全力で応援するから」

　エリーナはやる気に満ちた表情でため息を吐くフランカを見つめた。

ハンネルは暴走気味の妹不安そうにを見つめる。

「エリーナ、やり過ぎるなよ。お前はいつもやり過ぎる所があるから……」

だが今のエリーナには、ハンネルの忠告は届いていなかった。

エリーナ無言で、椅子に座っているフランカの元に近づいていく。

「もぅ、マスター。そんなに心配なら休暇が終わったら迎えに行くってのはどうですか？　例えばオラトリオと別れた10階層に降りる通路の前で待っていたら、絶対に会えますよ」

エリーナはフランカに出迎えに行くように勧めた。

フランカはエリーナの提案を聞いて、ハッとした表情を浮かべる。

（マスターはこんなに綺麗なんだもん。会う機会が増えたらラベルさんも絶対にマスターのことが好きになるよね）

「ラベル様を出迎えるですか……それはいい考えかもしれませんね。9階層ならキャンプを張って帰還を待つこともできそうですね」

エリーナの提案にフランカは簡単に乗ってきた。

実はフランカ自身も、ただ待っているのはもう耐えられなかったのである。

ただダンジョン内でキャンプを張るには、見張りの人員も必要な為、ギルドメンバーの全員参加が条件となる。

自分達の我儘に付き合わされるメンバーには申し訳ないが、お世話になったオラトリオの為にもう一肌脱いで貰おう。

エリーナはそんな都合のいい考えをしていた。

（目指せ、リオンちゃんと同じギルド！）

エリーナは野望《やぼう》を達成する為に精力的に動き出す。

その後、休暇を終えたグリーンウィングは備品を用意し、再びB級ダンジョンに潜っていた。

一応、素材集めが目的なのだが、本当の目的はもちろんオラトリオを出迎える為だった。

キャンプを張る場所が9階層と聞かされたので、メンバー達も薄々と気付いているが口を出す者はいない。

オラトリオには大恩があるのは全員が自覚する所であり、彼等を出迎えたいと全員が思っていたからだ。

グリーンウィングは数日を掛けて9階層にたどり着くと、10階層に降りる通路の近くでキャンプを張る。

今から交代で狩りや素材採取を行いながらオラトリオの帰りを待つことになる。

◇◇◇

キャンプを張って2日目、フランカ達はダンジョンの異変に気付いた。

「ダンジョンが攻略されたぞ！」

捜索組はダンジョンが攻略されるギリギリまで素材を集めるので、攻略された時に起こるダンジョンの変化には敏感だった。

「誰だろ？　オラトリオだったらいいのに……」

「大丈夫よ。絶対オラトリオが攻略したと思うわ。私には分かるもん」

「また～エリーナはいつも勘だけで断言して……でもまぁ、今回は僕もその意見に賛成だな」

ダンジョンが攻略されてから、多くの冒険者達が通路を通って帰っていく。

冒険者の姿が見える度に、グリーンウィングメンバーは冒険者の顔をチェックしに行った。

既に10組以上の冒険者パーティーが通り過ぎている。

最初はオラトリオでないことを喜んでいたのだが、現れる気配がないと逆に心配になってくる。

ダンジョンは危険で、何処で命を落としても不思議ではない。

フランカの知り合いの冒険者もダンジョンで何人も命を落としている。

(どうかご無事でお戻りください)

フランカは胸の前で手を合わせ、神に向かって祈りを続けた。

ハンネルは献身的なフランカの姿を見て、最悪の事態だけは現実にならないで欲しいと願う。

そんな時、ある捜索組のパーティーが通り過ぎた。

捜索組はダンジョンで集めた大量の素材を背負っているので、一目見ればわかる。

ハンネルの前を通り過ぎながら、陽気に仲間とダンジョンの苦労話をしていた。

彼等が背負っているリュックには貴重な素材である魔水晶が見えている。

リュック一杯に詰められた魔水晶なんて滅多にお目に掛かれるものじゃない。

ハンネルは気になって、その冒険者に注意をむけた。

「それにしても28階層にはびっくりだよな」

「ほんと、まさか階層全体に魔水晶が生成されているなんてな。俺達が28階層に到着してすぐにダンジョンが攻略されちまったから、少しだけしか採取できなかった。本当に勿体ない」

「もう諦めろよ。確かにお前の言う通りだけど、リュック一つだけでも採取できたんだ。これを売れば数ヵ月は遊んで暮らせる金が手に入る。今回はそれで良しとしようぜ」

(彼等が28階層……まだラトリオの姿がまだ見えないってことは、それ以上の階層を攻略しているか？　考えたくはないけど既に全滅しているか……)

普通に考えるなら、出遅れたパーティーがダンジョンを攻略するなんて考え辛い。

となると途中で全滅している可能性が高いだろう。

(こんなことマスターに言える訳がない！)

ハンネルはその場に座り込み頭を抱えていた。

後何組冒険者がここを通るかわからないが、今のが28階層にいたパーティーだと考えるなら、残っているのは多くて2、3組といった所だ。

ハンネルは1人で悩んでいると、聞き覚えのある声が聞こえてくる。

「あっハンネルじゃん。何をやっているんだよ？」

「えっ!?　この声は！」

ハンネルは声が聴こえて来た方に顔を向けると、遠くでダンが手を振っていた。

ダンの周囲にはオラトリオのメンバー全員の姿も見える。

「よかった～！　みんな生きているぅぅぅ」

ハンネルは飛び上がり、大声でオラトリオの帰還を仲間に知らせた。

グリーンウィングのメンバーが集まり、全員でオラトリオの周りを囲む。

「何だ？　もしかしてあれからずっと俺達を待っていてくれたのか？」

グリーンウィングに囲まれ、ラベル達もビックリしている。

「いいえ、一度ホームに帰って1週間程休みました。ですが捜索活動を兼ねてオラトリオの皆様を待とうということになったので、それでどうでしたか？」

フランカの問いに、ラベルは笑顔で答える。

「俺達がこのダンジョンの攻略者です！」

ラベルは攻略の証拠となるダンジョンコアをリュックから取り出した。

グリーンウィングのメンバー達から大きな歓声が上がる、

「「すげぇぇ～！！」」

「1週間も出遅れていたのに!?」

「信じられない！　本当にやりやがった」

全員が信じられないと言った感じだ。

幾つもの賛辞を浴びながら、オラトリオのメンバーは誇らしげに笑みを浮かべた。

「B級ダンジョンの攻略、本当におめでとうございます」

「いえ、これも全てグリーンウィングの支援のおかげですよ」

「普通、あの状況から追いつけるなんて誰も想像すらできなかったでしょう。本当にラベル様には驚かされてばかりです。オラトリオを見習って、私達も今後はどんな時でも最後まで諦めることなく挑戦していきたいと思います」

フランカは潤《うる》んだ瞳でラベルを真っ直ぐに見つめていた。

逆境を覆しダンジョンを攻略して帰ったことへの感動、自分達を救ってくれた感謝の気持ち。

特別な想いが次から次へと込み上げてきて、フランカは自然と涙を浮かべた。

「えっ!?　涙？　どうしたんですか？」

ラベルは目の前で突然泣き出したフランカさんを見て驚いている。

「すみません。大丈夫です。感動してしまって……」

「フランカさん、ありがとうございます。ですがダンジョンの崩壊は始まっていますので、地上に帰還しましょう。時間の余裕はまだありますが、のんびりしている訳にもいきませんから」

「はい」

オラトリオとグリーンウィングは来た時と同じように、全員で移動を始めた。

ただ行きと違って、帰りは魔物に襲われる心配もない。

全員がリラックスした状態で、ダンジョンの話などをしながら和気あいあいと笑顔を浮かべながらの帰還であった。

そんな笑い合う雰囲気を壊されるとは、この時はまだ誰も想像すらできなかった。

第二四章　復讐者

俺達がグリーンウィングと帰還を始めた矢先、突然リオンが叫びだす。

「みんな気をつけて！　変な集団が近づいて来る!!」

その後、リオンは剣を抜き去り、一番先頭で構えをとる。

リオンが悪ふざけをするような性格ではないことを俺が一番分かっている。

俺はリオンの横で同じように剣を抜いた。

「リオン、近づいてくる者の人数は解るか？」

「たぶん、5、6人だと思う」

「襲撃にしてはやけに少ないな？　俺達は10人以上いるんだぞ？　もしかして襲撃ではないのか？」

不可解な点もあるが、相手が現れれば全てが分かることだ。

俺とレオンが戦闘行動に移したこともあり、他のメンバー達も警戒態勢を取り始めた。

その後、大迷宮の通路上に6人位の人影が浮かぶ。

現れた人影は一定の距離を取った状態で立ち止まる。

俺は現れた相手に視線を向ける。

全員がフード付きのローブを着こんでおり、姿が見えないようになっていた。

しかし体格から男だとは予想できる。

次に顔を確認しようとしたが、顔には包帯がまかれ隠されていた。

ただ彼等が醸し出している雰囲気は殺伐としていた。

既に剣を抜いているので、襲撃者で間違いないみたいだ。

そして一番先頭に立っている男が話しかけてきた。

「よぉ、久しぶりだな。捜したんだぜぇ～。ダンジョンの中で籠っているって聞いて、捜しまわるこっちの身にもなってくれや」

男の声には聞き覚えがあった。

俺が思い出そうとしていると、俺の真後ろにいたフランカさんが返事を返す。

「その声⁉　まさか貴方はガインツ⁉　私達を捜していたと言っていましたが、一体何をしにきたんですか？」

フランカさんの発言で、俺も男の正体に気付く。

「何をしにじゃねーんだよ。リベンジマッチに決まっているだろ？　お前達のおかげで俺がどんな目にあったのか分かっているのか⁉」

現れたのはデザートスコーピオンのギルドマスターのガインツで間違いない。

相手さえ解れば、どうして現れたのか位は察しがつく。

どうやらガインツはグリーンウィングに復讐をしに来たようだ。

「それは自業自得《じごうじとく》です。元はと言えばデザートスコーピオンが悪いではないですか！」

ガインツはフランカさんしか見ていなかった。

どうやら恨みの対象はグリーンウィングで、俺達オラトリオのことは眼中にないらしい。

「ごちゃごちゃうるせぇぇんだよ！　今度は俺がお前達を地獄に叩きこんでやる！」

そう言った後、ガインツは顔の包帯を外してローブを脱ぎ捨てた。

俺達はガインツの変わり果てた姿を目の当たりにして言葉を失う。

血眼な瞳と膨れ上がった身体、口からは牙のように尖った歯が見えている。

そして一番印象的だったのが、額に魔石が埋め込まれていたことだった。

「その異様な姿は何ですか⁉」

「ふははは、これか？　俺は新しい力を手に入れたんだよ。そのおかげで、今も身体中に力がみなぎっていてな。暴れたくておかしくなりそうだ」

ガインツは舌を出して唇を舐めまわす。

「なぁ、早くお前達の血をすすらせてくれよ」

俺の直感もこの相手がヤバいと警鐘を鳴らしている。

「フランカさん注意して下さい。こいつは普通じゃない」

「はい、分かっています！　全員、攻撃態勢を！」

フランカさんはギルドメンバーに向けて、構えを取るように指示を出した。

グリーンウィングのメンバー達は武器を手に持ち、いつでも攻撃ができる準備に入る。

俺はガインツ以外の者にも注意を向けた。

彼等は今のところ動く気配はなさそうだ。

しかし俺はずっと視線を感じている。

だがその視線は目の前の男達ではない。

何処から向けられている視線なのかは分からないが、俺は確実に見られている。

ただ一つ言えることはその視線には強烈な殺意が込められていた。

俺はその殺意を一身に受けて、胸が苦しくなる感覚に陥る。

「ひゃはっは、そうビビるなって！　安心していいぞ。お前達の相手は俺1人だ。残りの奴らは単なる見物人だからな。絶対に手は出さねぇ」

タイミングが悪いことに俺達が最後の帰還者で周囲に冒険者の姿はない。

当然、助けが入ることもないだろう。

「ふははは。普通には殺さねぇぇからな。殺してくれと懇願してくるまで痛めつけてやる」

「狂っていますわ」

「狂っている？　そうじゃねぇな、俺はもう俺は引き返せねぇぇ所まで来ているんだよ。もうお前達に復讐すること以外どうでもいいんだよ。準備はいいか？　リベンジマッチ開始だぁぁ」

ガインツの額に埋め込まれた魔石が発光をはじめた。

次の瞬間、ガインツの姿が更に異様な形へと変化していく。

最初に身体中の毛が伸び始め、骨格は変形し鋭い爪と牙が生えてきた。

その姿は人の姿からは大きく異なっている。

一言で言えば人と魔物を掛け合わせた存在に近い

変化は続き、その異様な光景に誰もが動けなくなっていた。

俺はその光景を驚愕しながら見つめていた。

（人間と魔物との融合だと⁉　それって俺と同じ力じゃ……）

ガァァァァー！

そして耳を割くような雄叫びと共にガインツの変身は完了した。

人間と狼の混合。

まさに人狼《じんろう》と呼ぶにふさわしい姿へと変わる。

「何あれ⁉　化け物⁉」

エリーナは異様な姿のガインツに恐怖を感じ、震えていた。

ガインツはそのままグリーンウィングに向かって突進を始める。

「させない！」

リオンは行動を予知しており、間に割り込むとそのまま剣を振り抜いた。

しかしガインツはリオンの攻撃を腕を振り払って攻撃を跳ねのける。

ガインツの腕力は魔物じみており、リオンはそのまま吹き飛ばされた。

リオンの実力では、ガインツの体を覆う体毛を引き裂くことができない。

リオンは数メートル吹き飛ばされた後、三回ほど回転した所で止まる。

相当なダメージを受けたようで、剣をつえ代わりにして立ちあがろうとしているが、ダメージが大きくその動きは鈍い。

「リオン！　ダンは弓で牽制《けんせい》だ！　あいつの足を止めろ！」

「了解！」

ダンはスキルを使用し、矢を連続で放つ。

矢はガインツの進行方向上から放たれている為、流石のガインツも矢を無視することはできない。

足を止めて、腕を振って矢を叩き落とした。

「リンドバーグ、今のうちだ！　戦えない者を守ってやってくれ。相手の力がまだはっきりとしていない！　だから無理に戦おうとはするな、避けること第一に考えてくれ」

「わかりました」

リンドバーグは盾を構え、魔法使いのフランカさんの前に移動すると構えを取る。

「接近戦が苦手な人は、私の後ろに来て下さい」

堅実な戦い方をするリンドバーグが防御のみに徹したら意外としぶとく、たとえ相手がA級冒険者であっても短時間で突破するのは難しい。

俺は素早く指示を出した後、リオンの元へと駆け付ける。

「リオン大丈夫か？　ポーションを飲め」

転がっているリオンを抱きかかえると、口からポーションを流し込む。

「うぅう、ラベルさん、みんなは？」

ポーションのおかげで、リオンは何とか立ち上がれる位は回復する。

俺がグリーンウィングの方に視線を向けると、ガインツの蹂躪《じゅうりん》が繰り広げられていた。

リンドバーグが守っているのは魔法使いやアーチャーの数名だけだ。

残りの者は各自で戦っている。

ダンも一定の距離を保ちながら、矢を放とうと隙を伺っている。

しかし混戦となってしまっているので、なかなか矢が放てない。

「くそっ、動きが速い⁉」

「うわぁぁぁ、対応しきれない！」

グリーンウィングの悲痛に満ちた声が響く。

ガインツはブラックドックと同等の速さで動きまわっている。

そのうえ、ただ腕を振りまわすだけで、敵を軽々と吹き飛ばすパワーも兼ね備えていた。

（このままじゃ全滅だ）

俺は突破口を見つける為にガインツを観察する。

するとあることに気付いた。

（ん？　もしかして理性がないのか？）

さっきまでのガインツは理性を持って喋っていた筈だ。

しかし今のガインツには理性はなさそうで、ただ近くにいる者に攻撃をしているだけのようだ。

（とにかく一旦引くしかない！）

「俺はグリーンウィングを助けに行く。リオンは動ける者達を連れて10階層に逃げ込んでくれ」

「えっ10階層？　あの化け物はどうするの？」

「今の混乱した状況じゃ収取がつかん。一旦引いて態勢を立て直した方がいい。幸いにもダンジョンが攻略された今ならフロアギミックは発動していない。動ける者から順番に10階層に向かわせろ！」

「わかった。ラベルさんも気を付けて！」

「俺は大丈夫だ。魔物の相手は慣れている！」

回復したリオンと共に俺は走り出した。

走りながら俺が飲み込んだのはスパイダーの魔石。

魔石を飲むと同時にリュックから蜘蛛の糸も取り出す。

(あの男の仲間に俺の力がバレるのは不味いからな！)

俺は背後からガインツに近づき、蜘蛛の糸を投げつけた。

それと同時に指先からスパイダーの力で糸を放出させる。

蜘蛛の糸は俺の糸と絡み合う。

そのまま糸を操作すると、投げた蜘蛛の糸が俺の意志通りに飛んでいく。

「二重掛けの蜘蛛の糸だ。逃げ出すには相当苦労するぞ」

背後からの奇襲攻撃だったがガインツは野生の勘で察すると、腕を払って蜘蛛の糸を叩き落とす。

しかし蜘蛛の糸はバラけ、ガインツの腕にまとわりついた。

理性を失っているガインツは糸を振り払おうと、腕を振り回したのだが、その行為が逆に自分の身体に糸を巻きつかせることとなる。

「今の内だ。全員、10階層に逃げ込めぇぇぇ」

「ラベルさん、アイツ動けないなら今の内に倒そうよ」

「ダン、馬鹿を言うな！　お前は周りが見えているのか？　今、怪我人が何人いると思っているんだ。もし倒し損ねたら被害が拡大するだけだ」

「今は仲間を救うことを優先しろ！　そうしないと助けられる命が助けられなくなるぞ！」

俺は怪我をして倒れている者にポーションを飲ませた。

今まで叱ったことは何度もあるのだが、本気で怒鳴ったことなど一度もない。

そんな俺が怒鳴りつけたことで、ダンも自分の間違いに気付いた。

そのまま倒れている仲間に駆け寄ると、予備のポーションを飲ませていく。

「治療が済んだ者から、10階層へ向かわせろ！」

全員の応急処置を手早く済ませた後、10階層へと誘導する。

俺がガインツに注意を向けると、ガインツは無理やり蜘蛛の糸を引きちぎろうとしていた。

その判断は正解のようで、怪力により蜘蛛の糸が切れかかっている。

蜘蛛の糸でガインツを足止めできたのは、ほんの数分といったところだ。

(普通の人間なら簡単には抜け出せないというのに、本当に魔物染みた力をもっているって訳だな)

だが足止めが成功したおかげで、仲間の殆どは10階層に続く通路へと飛び込んでいる。　俺はガインツ以外の男達に注意を払う。

彼等は来た時のまま、その場に佇《たたず》んでいる。

どうやら本当に手を出してはこないみたいだ。

(観察されているようで気味が悪いが、本音を言えばありがたい。このまま手を出さないでいてくれよな)

次に俺は蜘蛛の糸に絡まり、身動きが取れないでいたガインツに話しかける。

「俺1人だったら相手をしてやってもいいんだが、俺の前では誰も死なせたくないんでな。悪いが一旦仕切り直しをさせてもらうぞ」

ガァァァーーーッ
ガインツは大きな雄たけびを上げた。

その姿は魔物と変わらない。

ガインツが人間を捨てているということは、何となく理解できた。

捨て台詞を投げかけた後、殿《しんがり》を務めていた俺も10階層へと入って行く。

◇◇◇

10階層に入ってすぐの広場に、先に入っていた仲間が集結していた。

俺も全員と合流する。

「絶対に追って来るだろう。今のうちに戦う準備をするぞ」

「はいっ」

俺が10階層に逃げたのにはちゃんとした理由がある。

(今のガインツには理性がない。ならどんなに不利な状況だろうが、獲物を仕留めに来るだろう。そこを狙わせて貰うぞ)

まず俺はガインツを倒すための作戦を伝える。

ガインツの戦闘スタイルと理性がない現状。

この二つの情報から俺が構築した作戦。

もしこれで倒せなければ、俺達は窮地に追い込まれることとなる。

「みんな聞きましたね。ラベル様の作戦通りに、動きますよ」

「はいっ!」

俺達は近接戦闘職と遠距離攻撃職を組み合わせて、3人組のパーティーを作る。

俺達は全員で14人いるので、3人ずつ別れていくと最後の5組目は2人となる。

なので俺とフランカさんで組むこととした。

そして円を描くように配置する。

「後はガインツがやって来るのを待つだけです」

「私達のせいで最後までご迷惑をおかけして、どう償ってよいのやら……」

フランカさんは責任を感じているようだ。

どうせ俺が気にするなと言ってみても彼女は気にしてしまうだろう。

そのうえ、この戦闘で誰かが命を落とすことになってしまっては、フランカさんは二度と立ち直れなくなってしまう。

（これでもう後には引けない。１人も欠けることなくこの戦いに勝つ！）

俺は隣に立つフランカさんを見つめ、気合を入れ直した。

「その話は後回しです。今はガインツを倒すことに集中しましょう」

「そうですね。ラベルさんのことは私の命に代えても守らせて頂きます」

「ありがとうございます。とても心強いですが、無理はしないでください」

俺達は息を殺し、入口に注意を注いだ。

フロアギミックはなくなっているので耐熱ローブは必要ないのだが、このステージは砂漠で足元には柔らかい砂の大地が広がっていた。

極度の緊張と光の熱で、全員の額から大量の汗が流れ始める。

そんな中リオンの声が響いた。

「ラベルさん！　さっきの男が来る！」

すると通路の奥からガインツの姿が現れる。

さっきと同じ姿のままで、10階層に入った途端に威嚇《いかく》するような大きな雄叫びを上げる。

ガァァァァーッ
その雄叫びは俺達を絶対に逃がさないと叫んでいるようにも聞えた。

そのまま砂漠の中を歩き始める。

「絶対に倒してやるからな」

ダンがやる気を見せている。

ガインツは砂漠の真ん中にいる俺達を見つけて走り出した。

だが9階層と違って、見るからにガインツの動きが鈍くなっている。

俺の予想通り、砂漠の砂に足を取られて動きが遅くなっていたいのだ。

「ラベルさん、仲間の連中は来てないみたいだよ」

ダンがそんなことを伝えてきた。

ダンも普段から俺と一緒に後方から戦場全体を見続けている。

戦いにおいて情報は多ければ多いほど、最適の選択にたどり着くことができると教え込んでいた。

身体に染みついたことが、自然と出るようになってきている。

もしガインツ以外に仲間が10階層に入って来たならば、そいつらのことも注意しながら戦う必要があった。

それが減っただけでもありがたい。

「よし、ここで迎え撃つぞ」

「フランカさんは魔法で攻撃をして、ガインツの注意を俺達に引きつけて下さい」

「わかりました。お前の相手は私達です。ウォーターランス！」

フランカさんは水の魔法で水の槍を作り出し、ガインツに向けて発射する。

ガインツは避けようしたのだが、砂漠の砂に足を取られ避けることができない。

「喰らいなさい」

そしてヒットする瞬間、ガインツは腕を十字に重ね氷の槍を堅い皮膚で受け止める。

ガァァァッ！

そして力づくで地面にたたき落とす。

倒すことはできなかったが、腕からは血が流れ落ちている。

それは攻撃が通ったということだ。

今の攻撃はメンバー達も見ている。

ちゃんと攻撃をヒットさせることができれば、ダメージが入るということが仲間達にも伝わった。

一方、ガインツは標的を俺達に決め、突っ込んできた。

俺はタイミングを図って、合図を出した。

「今だ。全員で取り囲め、一斉攻撃だ」

俺の指示で散らばっていたメンバーが、ガインツと一定の距離を取ったまま円形に取り囲む。

もしガインツに理性が残っていれば、俺達の陣形を見て馬鹿正直に突っ込んできたりはしないだろう。

理性のないガインツだからこそ通用した作戦である。

「ガインツ、お前が強いとしても理性がなければ魔物と同じだ！」

そして取り囲んだ俺達は、遠距離から一斉攻撃を仕掛ける。

ギァァァ！

ガインツはお構いなしに突っ込んできたが、ガインツの動きに合わせて俺とフランカさんは後方に下がることで一定の距離を取り続ける。

そして一斉攻撃を受け続けたガインツも、流石に足を止めて地面に膝をついた。

「今がチャンスだ。集中砲火！」

「「はいっ！」」

俺の合図で更に攻撃が仕掛けられる。

「勝てる！」

俺がそう確信した瞬間、空中から無数の火の玉が降り注いできた。

「うぁぁぁぁ～」

「魔法攻撃です。僕よりも強力な火の魔法!?　みんな気をつけて」

ハンネルが叫んでいる。

「完全に油断した!?　あいつ等が手を出してこないと勝手に思い込んでいた。くそ、これは俺の失態だ」

「ウォーターランス」

フランカさんは水の魔法を放ち、火球を打ち落とそうとする。

「数が多くて、私１人では対処しきれません」

俺は周囲を見渡し、攻撃を仕掛けてきた魔法使いを捜した。

魔法を放っている者を倒せば、この魔法攻撃を止めることができるからだ。

すると遠くで1人の魔法使いを発見する。

「チッ、あんなに遠くに」

見つけたのはいいが、距離があるのですぐには攻撃を仕掛けられない。

魔法使いはその間も魔法を叩きこんできている。

（こんなに魔法を連発してまだ魔力がきれないなんて、あの魔法使い物凄い魔力量だぞ）

魔法使いは相当な実力者であり、どんな相手なのか気になったが、距離があるので顔や細かな動きは分からなかった。

「フランカさん、逃げて！」

今まで頑張っていたフランカさんもついに魔力が切れてしまった。

魔力切れでふらついたところに火球が襲ってくる。

俺はフランカさんを突き飛ばした。

「ラベルさん!?」

火球は俺の目の前で着弾し、俺はガインツの傍まで吹っ飛ばされた。

「俺は大丈夫です」

そう声を掛けた瞬間、今度は俺とガインツの周囲に炎の壁が反り上がってきた。

「何だと!?」

炎の壁の高さは2メートルを超えている。

俺はガインツと2人きりにさせられてしまったという訳だ。

「あの魔法使い、一体何をやらせたいんだ」

俺は敵の意図を読み取れないでいた。

それは炎の壁が出来上がると、何故か火球の攻撃も止まっていたからだ。

俺は再び、魔法使いが立っていた場所に視線を向ける。

魔法使いは攻撃を再開させることもなく、ただ腕を組んでジッと立ち続けていた。

その姿は俺を観察しているようにも見える。

(あの火球に炎の壁……俺は両方の魔法を使える冒険者を知っている……だが、あいつは死んだ筈だ!?)

俺の脳裏には一人の女性の影が浮かんでいた。

しかし今の俺には、それを確かめる手段も時間もない。

それに今はガインツを倒すことが先決だ。

俺がガインツに視線を戻すと、俺達から受けた傷が治りつつあった。

「恐ろしい自己回復能力だな」

炎の壁の外では、仲間達が心配そうに見つめている。

この燃えさかる炎の壁を越えて行けないので、助けを期待しても無駄だろう。

「ラベルさん!」

俺の名を叫ぶリオンの声が聞こえる。

「俺は大丈夫だから、お前達は周囲の警戒をしてくれ。こいつの相手で流石に外にまで、気を回している余裕はないからな」

「うん、警戒は任せて」

「くれぐれもあの魔法使いを倒そうとするなよ！　あの魔法使いは相当な手練《てだ》れだ。倒せたにしても、こちら側にも大きな被害が必ず出る。今は全員が無事に帰ることだけを考えてくれ」

「ラベルさんが本気出せば、あんな奴簡単に倒せるぜ」

ダンは俺を鼓舞する為に、力強く拳を突き付ける。

「マスター、こちら側からは炎で中が見辛くなっています。なので全力を出しても大丈夫です」

そしてリンドバーグのアドバイスが飛んでくる。

リンドバーグはスキルを使ってもバレないと教えてくれているのだ。

それは俺が欲しかった情報だった。

(本当に優秀な奴だな)

「ラベル様、どうかご無事で！」

フランカさんの声も聞こえる。

もしこの戦いで俺に何かがあれば、フランカさんの心に大きな傷を残すことになるだろう。

「負けられない戦いだからな。最初から全力でいかせて貰うぞ！」

俺は気合を入れ直す。

戦いは接近戦となるので、魔法での援護は期待できない。

俺は自分の力のみでガインツと戦うこととなった。

ガインツがゆっくりと立ち上がる。

周囲を見渡し俺しかいないことに気付いた。

ガァァァァーッ！

「約束だったもんな。今回はちゃんと俺が相手をしてやる。魔物の力同士、どちらの力強いか勝負だ！」

俺はゴブリンの魔石を飲み込んだ。

ギィガァァァー
「いくぞぉぉぉ！」

俺は剣を強く握り、ガインツに向かって走る。

ガインツの攻撃方法は襲撃された時に確認済みだ。

圧倒的なスピードで敵を惑わし、魔物特有の馬鹿力で相手を粉砕する。

(要するに肉弾戦《にくだんせん》って訳だろ？)

俺は相手の情報を分析していく。

姿から察するに種族は狼、売りの速度は砂漠の砂に足を取られるので今は半減している。

攻撃方法は鋭い爪の切り裂きと、牙による噛みつき。

どちらも接近していないとできない攻撃だ。

リーチの長さと動きの速さを計算して、自分の動きを修正していく。

そして俺とガインツがお互いの攻撃範囲に入った。

最初に手を出してきたのはガインツである。

腕を振り上げ、俺に対して鋭い爪で引き裂きにかかる。

「まずは力比べといこうぜ」

俺は冷静に爪の攻撃を剣で受け止めると力を込める。

俺もガインツも全力で押し合っているのだが、拮抗して動かない。

(ゴブリンの魔石だと力は互角って訳だな)

ゴブリンの魔石と同等の力となると、C級の魔石と同等の能力と仮定できる。

最初にゴブリンの魔石を使ったのにも理由がある。

俺が今持っている魔石で戦闘に使える物はそれほど多くはない。

一番攻撃力があるのは一つだけ残っているジャイアントベアーの魔石だろう。

だが使うところを考える必要がある。

その布石として、劣化版のゴブリンで様子を窺ったという訳だ。

(よしガインツの力量は解った。次は動きを奪う！)

俺は剣の角度を変え攻撃を滑らせると、すぐさま別の魔石を口に入れた。

俺が次に選んだ魔石は、サンドワームの魔石だ。

飲み込んだ後、すぐにスキルを発動する。

「しばらくの間、その場にいて貰うぞ！」

ガインツの足元に直径1メートル程のアリ地獄を作り出し、膝あたりまでを砂に埋め込んだ。

「これで終わりだ」

俺は止めの一撃を放つ為にジャイアントベアーの魔石を握る。

しかし俺が魔石を口に放り込もうとした瞬間、ガインツは手を振り回して砂を俺に向かって弾き飛ばしてきた。

広範囲に振りまかれた砂を避けることは難しい。

とにかく俺は腕を顔の前にだして目をガードする。

しかし反応が遅れた為、片目に砂が入ってしまう。

「チッ」

タイミングを失った俺は、魔石を変更するのを一旦諦める。

しかし砂が目に入ったことにより、俺はガインツの手が届く範囲内で動きを止めてしまう。

そのチャンスをガインツも見逃さない。

反対の腕を振り上げると、俺に向かって再度襲いかかる。

俺は刀身でガインツの攻撃を受け止め、何とか後方へと下がる。

ガァァァ！

その間にガインツは、砂に埋まっていた足を無理やり引き抜き、俺に向かって走り込んできた。

俺はジャイアントベアーの魔石を飲み込み、怯むことなく真正面から攻撃を受け止めた。

再び押し合いが始まる。

しかし今回は俺の方にはまだまだ余裕があった。

ガァァァァッアァァァ!!

「俺の勝ちだぁぁぁぁ」

俺はそのまま剣を振り抜いた。

ガインツの胸板に大きな傷が浮かび上がり、鮮血が舞い散る。

ガインツは断末魔を上げながらその場に倒れ込み、そのまま動かなくなった。

俺は警戒しながら近づき、ガインツの様子を確認する。

攻撃を受けたガインツは、切り裂かれたダメージで意識を失っていた。

呼吸も弱々しく危険な状態だが、まだ死んではいない。

(本当に魔物みたいな生命力だな)

「おい、聞えているか!?　拘束したら治してやる。その代わり洗いざらい話して貰うからな」

その時パリンという音と共に、ガインツの額に埋め込まれていた魔石にひびが入る。

その瞬間、ガインツの身体は急激な変化を始めた。

一気に皮膚から水分がなくなり、老人のようにしわくちゃな身体へと変貌したのだ。

「おい、どうなってやがる!?　もしや魔石が割れたのが原因なのか?」

最後の攻撃は魔石とは無関係の場所なので、割れたのは別の要因があるのだろう。

「今すぐ助けてやるからな!」

俺がガインツにポーションを飲ませようと一歩踏み出した瞬間、リオンが大声で警告を発した。

「ラベルさん逃げて!　空から火の魔法が襲ってくる!!」

「何⁉」

見上げると超極大《ちょきょくだい》の火球が空から降って来ていた。

「ヤバい！」

俺は火球を避ける為に後方へと避けた。

火球はそのまま倒れているガインツに命中する。

ガインツは火球に焼かれ一瞬にして燃え上がる。

「なぜ仲間を狙った⁉」

今の攻撃はガインツを狙ったので間違いない。

仲間だと思っていたのだが、違うのか？

（それか証拠《しょうこ》隠滅《いんめつ》の為に燃やしたと考えるべきか……）

しかし今は魔法使いにどう対応するか考える必要がある。

今の俺は炎の檻《おり》に閉じ込められた状況だ。

もしあの連続の火球攻撃を打ち込まれた場合、流石に全てを避けるのは難しい
「うぁーっ！」

「今度は俺達に襲って来たぞ！」

「あの火球だ。全員、避けろ〜！」

そして魔法使いは俺の予想通り、火球の雨を降らしてきた。

しかしそれは俺ではなく、炎の折の周囲にいた仲間達に向けてだった。

「なぜ俺を狙わない？」

思考をフル回転したのだが、敵の思考が読み取れない。

その間にも周囲の仲間達は火球の攻撃を避けるために、散り散りとなっていた。

その混乱を狙って、ローブを着た5人の男達が武器を持って突っ込んできた。

「人数はこっちの方が多いんです。近くにいる者同士で連携をとって対応して下さい」

フランカさんが、的確な指示を出す。

指示を受けて、近くにいる者同士が集まった。

ローブの男達はお構いなく突っ込んでくる。

「こいつら、強いぞ！」

防戦一方のグリーンウィングの剣士が叫んだ。

「待ってなさい。撃ち殺してやるから！」

エリーナがローブの男を狙って矢を放つ。

死角から放たれた攻撃だったが、ローブの男は背後に目でも付いているのか？

当たる直前に振り向くと、軽々と矢を叩き落とす。

「嘘でしょ!?」

エリーナが驚きの声を上げる。

しかしその間に剣士は一旦下がり、体制を立て直すことに成功した。

「くそっ、助けに行きたいが、それにはまずこの炎の壁を何とかしないと」

俺が次の手を考えていると、なんと魔法使いが近づいてきているのに気付く。

「どういうことだ!? 向こうから近付いてきただと?」

相手は魔法使いで、遠距離から攻撃できることが強みで、近接戦闘は苦手な筈だからだ。

相手との距離が近づくに連れて、相手の姿もハッキリと確認できるようになる。

柔らかく凹凸《おうとつ》のあるプロポーション、髪は赤く長い。

魔法使いは仮面を付けて顔を隠していた。

「その動き……その身体……まさかっ、お前は!? いや奴は死んだ筈だろ?」

魔法使いの動きは俺の頭の中で、1人の人物と完全に一致していた。

そして魔法使いが扱う魔法もその人物なら余裕に使うことができる。

しかしその人物は俺の目の前で死んだ筈だった。

違うと思いたいが、全ての情報が相手の正体を1人の魔法使いだと告げる。

「お前、レミリアなのか?」

俺は間違っていてくれと言わんばかりに声を絞り出す。

「やっぱりバレたわね」

魔法使いは一定の距離で立ち止まると仮面を外した。

仮面の下にはレミリアの顔があった。

顔の一部にはやけどの跡が残っているが、レミリアの美貌は以前のままだ。

「お前は競技場で自爆《じばく》したんじゃなかったのか?」

「うふふ、私が自分の命を捨てるような馬鹿な真似をする訳がないじゃない」

レミリアが手を上げると、ローブの男たちはレミリアの前に戻ってきた。

「貴方達もその場から動かないことね。もし動いたら、このポーターに火球の雨を降らせるわ」

「ぐっ、ラベル様を人質に取るなんて！」

俺を人質に取り、レミリアは仲間達に動くなと命令をだす。

「全員手出しをしてはいけません。今は相手の言うことを聞いて下さい」

そしてフランカさんはレミリアの指示に従った。

「素直で嬉しいわ。心配しなくても今回は殺さないであげるから」

「それはどういう意味だ？」

俺はレミリアの言葉の意味を探る。

「だってこんな出会い頭の状況で殺しても、私の気が全然治まらないもの。貴方には私が受けた以上の屈辱を味わって貰わないとね」

余裕のある笑みで優雅に立ち振る舞うレミリアだったが、その瞳には俺に対する憎しみが浮かび上がっていた。

どうやら競技場でレミリアの野望を阻止した者に対して、深い憎しみを抱いているようだ。

そのお蔭で、今回は見逃してくれると言うことだが、深い憎しみを知ってしまった以上、いつ襲われるか分からない恐怖が俺を襲い続けるだろう。

（生きた心地がしないな。いや、俺に恐怖を与えることが復讐の一部だとも考えられる）

そう考えると、レミリアの復讐は成功だともいえる。

しかし今は少しでも多くの情報を、レミリアから引き出した方がいいだろう。

その情報によって、レミリアが何をしたかったのか分かるかも知れない。

俺はレミリアに話しかける。

「レミリア、お前が生きていたことには驚いたが、お前が殺した男……既に人間じゃなくなっていたぞ。一体あれはなんだ？」

「うふふ、やはり気になる？　でも教えてあげない。自分で考えなさい」

「どうせ碌でもないことだろう。お前達は一体何をしたいんだ」

「素直に教える訳がないじゃない。でも昔のよしみで一つだけ情報をあげる。遠くない未来。この国で大きな祭りが起こるわ。その時は一緒に楽しみましょう」

「大きな祭りだと!?　それはあの男と関係があるのか？」

「残念ね、長話はこれでおしまい。私はまだ貴方に会うつもりはなかったのよ。今回は本当に偶然出会っただけ」

俺はレミリアの表情を注意深く見つめる。

今の言葉には嘘がないと感じた。

「今回は、ちょっとしたお使いだったんだけど、貴方の姿を見つけてびっくりしたわ」

（お使い？）

「だから挨拶をしただけ、私をこんな目に遭わせた償いは別の機会に晴らさせてもらうわ。その時は自分からどうか殺してくださいと懇願すると思うから、覚悟しておきなさい」

「おい、待て！」

そしてレミリアが手を上げるとレミリアの前に再び炎の壁が立ち上がり、レミリア達の姿を包み隠す。

その後、炎の壁が消えた時には誰の姿もなくなっていた。

レミリアの姿が消えたと同時に、俺を取り囲んでいた炎の壁も消える。

「レミリアが生きていたとは……それに大きな祭りが起こるってどういうことだ？　地上に戻ったら、スクワードとカインにもこのことを伝えた方がいいだろう」

「ラベルさん」

リオンが俺の元に駆け寄って来た。

その後、他のメンバー達も次々と集まってくる。

「俺は大丈夫だ。みんなも怪我はないか？」

「うん、大丈夫」

「最後にとんでもない目に遭ったな。あの様子だと今のところは手出ししてこないだろう」

「あの人って競技場で会った人だよね？」

「あぁ、その通りだ。お前達にも説明するが、今は地上に戻ろう」

その後、俺達は警戒したまま地上へと帰還を果たした。

地上さえ戻れば人目も多くなるので、襲われる可能性は少なくなる。

俺達は久しぶりに感じる本物の太陽の光を受け、地上に帰って来た喜びを実感する。

後は街へと帰り、今回のアタックの疲れを癒すだけだ。

しかしガインツの異様な姿とレミリアの存在が、俺の心に黒い影を落とす。

今回の問題は、冒険者組合の支部長であるオスマンとオールグランドのスクワードとカインに話して聞かせた。

レミリアが生きていたと聞いて、カインは驚いていた。

「マジか、あの爆発で生き残っていただと!?　死体もあっただろ？」

「あの時の死体は丸焦げで本人確認はできなかった。何かの方法で身代わりを用意して転移とかで逃げた可能性もあるな」

爆発の前にネックレスを叩き割っただろ？

俺はあれが爆発のトリガーだったと思ったが、もしかしたら違っていたのかもしれない。

「とにかく、レミリアを逃したのは俺の失態だ。レミリアは俺がケリをつける」

「俺の方も網を張っておくから、何か情報が入ったらお前にも教えてやるよ。お前はレミリアに恨まれているからな。情報は多い方がいいだろう」

「スクワード、助かるよ」

俺はカイン達に報告を行った。

これで今打てる手立ては全て打った筈だ。

レミリア達、【黒い市場】が何を企んでいるかは分からないが、この国を玩具にさせるつもりはない。

第二五章　暗躍する者と恋する乙女

スラム街にある手配師の屋敷にレンチと赤髪の女がテーブルを挟んで椅子に座っていた。

テーブルの上には度数の高い酒が置かれており、２人のは笑顔で乾杯している。

「フェフェフェ、一応実験は成功と言ったところじゃな？」

「そうね。最後にタイムオーバーで魔石が破壊していたから、活動時間の問題は残っているけどね」

「そっちの方は、数をこなせば何とかなるじゃろ」

「数をこなすって何人の命を奪う気なのかしら？」

「人類の発展には犠牲は付きものじゃて、モルモット達も礎となれて嬉しかろうて……」

レンチは酒を美味しそうに飲みほした。

赤髪の女性もレンチに続き、酒を口にする。

「なんじゃ？　お主もやけに嬉しそうではないか？　何かいいことでもあったのか？」

「あら、分かっちゃった？　ダンジョンで懐かしい人に会ったのよ」

「ほほう、それでその笑顔と言う訳か……」

レンチも楽しそうにしている。

「えぇ、少しだけ挨拶はしたんだけど、ほら私ってまだ完全に治っていないじゃない？　だから今回はそのまま帰って来たのよ」

そう言いながら、赤毛の女は付けていた仮面を外す。

「美しいな……見た目は殆ど治っておるな。あの状態から治すのは流石のワシでも苦労したぞ。マーガレットよ」

「うふふ、そのことについては感謝しているわ」

「それにしても、お主に気に入られてしまった者も不幸じゃな。普通には死ねまいて」

「まさかこんな所で会えるなんて、本当にビックリしたわ。それによく分からなかったけど、スキルもないポーター風情が人魔に勝てるなんて……もしかして念願のスキルでも手に入れたのかしらね？」

「残念じゃが、お主のお気に入りと再開できるのはもう少し先じゃ、怪我が回復したら……分かっておるな？」

「えぇ、分かっているわ。だから私が会いに行くまで元気でいてね。ラベル・オーランド」

2人は立ち上ると、部屋から出ていく。

手配師の館にレンチが寄ったのはただの気まぐれであり、本来の目的は別にあった。

実験も無事に終了し、レンチとマーガレットは当初の目的の為に動き出した。

◇◇◇

B級ダンジョンが攻略されて1週間が経過していた。

グリーンウィングのギルドホームで、フランカは一番上品な服に着替え鏡の前に立っている。

長い髪は綺麗に洗った後、可愛く編み込まれフランカの美貌を引き立たせていた。

「どう？　変じゃない？」

「うん、ばっちり。今のマスターの姿を見たら、ラベルさんもびっくりするんじゃないかな？」

実は恋に奥手だったフランカを見かねたエリーナが、フランカを尋問してラベルに恋していることを吐かせた後、恋のキューピットになると宣言したのだった。

フランカも最初は断っていたのだが、よく考えてみればいつも相手から好意を寄せられるばかりで、自分からアプローチをしたことが一度もないことに気付く。

その為、いざ行動に移すにしても、どうすればいいか分からなかった。

そういう事情から、フランカはエリーナの応援を受け入れることにしてみたのだ。

「ほんと？」

「マスター、ちゃんと分かっている？　今日の食事会でラベルさんの好きな物や好みの女性のタイプを聞きだして、ラベルさん好みの女性に生まれ変わってからアタックを仕掛けるの」

「分かっているけど、それで本当に上手くいくのかしら？」

「マスターは凄く綺麗だから、今のままでも成功するかもしれないけど、念には念を入れないとね。何たって、私とリオンちゃんの運命が掛っているんですから！」

エリーナは自分の野望の為に燃え上がっていた。

「エリーナとリオンさんの運命？」

た。

「ううん。何でもない！」
しかしその野望はエリーナ本人しか知らない。
自分の野望の為に所属しているギルドマスターを使っているなんて、口が裂けても言えなかった。
そして今日の夕方、フランカとエリーナは、ラベルとリオンの4人で食事をすることになってい
フランカの恋を実現させる為にエリーナがリオンに頼んで実現した食事会だ。
しかしエリーナがリオンに4人での食事会をお願いした時、リオンの感触が微妙だったのが少々
気になっていた。
ラベルに恋人がいないことは、リオンから入手した情報で分かっている。
しかしリオンの微妙な態度から察するに、ラベルに片思いの人が居るかもしれないとエリーナは
考えてしまう。
もしそうだとしても、魅力的なフランカがせまれば落ちない男性はいないと自分に言い聞かせる。
約束の店の前に到着すると、ラベルとリオンが既に待っていた。
2人ともダンジョンに潜る時の服装から、装備だけを外しただけといった感じだ。
ラベルはまだしも、あの可愛らしいリオンが普段と同じ服装という事実に危機感を覚える。
（リオンちゃん、あんなに可愛いのに、何でもっとお洒落をしないのよ。こんなの宝の持ち腐れ
じゃない）
エリーナは、もしもリオンがお洒落に目覚めたら、フランカよりも綺麗になると予想していた。

なので何度かお洒落の話を振ったりもしているのだが、リオンから返って来る反応はいま一つである。

けれどエリーナは諦めない。

親友で大切なリオンを可愛く飾り立て、その隣に自分が立つ日を目標に今後もお洒落を進めていくと決めている。

「リオンちゃん、待った？」

「エリーナちゃん！　私達も少し前に到着したところ」

「フランカさん、今日はなんだかすみません。俺まで一緒に参加することになってしまって、場違いだと言ったんですが……」

「そんな寂しいことを仰らないで下さい。私も楽しみにしていましたから」

フランカのドレスアップした姿は、高貴なエルフを感じさえる神々しさに溢れていた。

通りすがる男性の視線を一人占めにしている。

ラベルもその姿に一瞬ではあるが、動きを止めて見惚れていた位だ。

エリーナはそのことに気付くと、笑みを浮かべガッツポーズを取るとフランカの恋の成功を確信した。

「もぅ、立ち話もなんだし、早くお店に入ろうよ」

そしてエリーナはフランカとラベルの背中を押して、店の中に入っていく。

今回の食事会を誰にも邪魔されたくなかったので、エリーナは事前に個室を予約していた。

店員に4人用の個室に案内された。

「私、リオンちゃんと隣がいいな。座ってもいいですか？」

着席しようとした時、エリーナはそんなことを言いだす。

4人用のテーブルにリオンとエリーナが隣同士に座れば、必然とラベルとフランカが隣同士になる。

最初は向かい合わせでいいかとも考えたのだが、ラベルの反応を見て作戦を変えたのだった。

「エッエリーナ、貴方何をいっているのよ。我儘を言うんじゃありません」

「いえ、俺は別に構いませんよ。リオンの友達なんだし、盛り上がる話もあるでしょう。ですがフランカさんは隣が俺で大丈夫ですか？」

そう言いながら、ラベルはフランカを見つめた。

「えぇぇ、はい、ラベル様が良いのなら私も……」

フランカの声は段々と小さくなっていき、最後までは聞き取れなかった。

下を向いているので、表情までは読み取れないが、長く綺麗な耳が紅色に変わっているのは間違いなかった。

（マスター、今のてれ顔、最高に可愛い！）

エリーナは耳を真っ赤にして下を向いているフランカに親指を立てた。

着席後、メニューを見ながら適当に注文を入れる。

「ラベルさんは、このメニューの中で食べられない物とかありますか？」

エリーナが早速、情報収集に動き出した。

何の違和感もなく、ラベルの苦手な食べ物を聞きだそうとするエリーナ。

フランカは、エリーナの手際の良さに驚いていた。

「俺に好き嫌いはないな。食えるものなら何でも食うぞ。ダンジョンの中で好き嫌いを言っていたら何も食えなくなるからな」

「そうなんですね。じゃあ、逆に好きな食べ物ってなんですか？」

「好きな食い物かぁ～、基本食えれば何でもいいって感じだからなぁ……当然、不味いより、旨い方が好きだけどな」

「それじゃ、趣味とかあるんですか？」

「趣味？　そうだな。ポーションを使った新しい薬を作ったり、魔道具の掘り出し物を見つけに店を回ったりするけど」

「へっ、薬を作るって？」

「それはポーションを原料にだな……」

ラベルは以前自分が作った薬の話を始めた。

エリーナは全く理解できない内容の話を聞かされ始めた。

リオンは小さくため息を吐き、やっぱりそうなったかと言いたげな感じだった。

リオンは最初からエリーナの目的が分かっていた。

ラベルはダンジョンのことで頭が一杯なので、きっとこうなると思っていた。

料理が届いた後もエリーナはラベルを質問攻めにしたのだが、全ての回答がダンジョンに関わることばかりだった。


ろくな情報も集まらないまま、食事会はお開きの時間を迎えた。

フランカは食事中、ずっとエリーナとラベルの話を聞いていただけで、殆どラベルと話をしていない。


「マスター、ごめんなさい。こんな筈じゃなかったのに」

「いえ、今日の食事会でラベル様がいかに真っ直ぐな方なのかが、理解できました。夢に向かってひたむきに努力を続けた結果が、今のあの人を作り上げているのですね」

フランカは納得した表情を浮かべていた。

それは自分の好きな人の知らなかった一面を知ることができて、嬉しかったからだ。

その満足げな表情を見て、エリーナは不安を覚えた。

「マスター、もしかしてラベルさんのことを諦めちゃうの？」

エリーナはフランカがダンジョン攻略に情熱を燃やしているラベルに気を遣って、初恋を諦めてしまうことを危惧していた。

「いえ、そうではありません。私も今日からは自分の気持ちに対して、真っ直ぐに進んで行こうと感じました」

「えっ、真っ直ぐに進む？」

「はい。今日は無理をして慣れないことにも挑戦しましたが、それは今回限りとさせていただきますね。頑張ってくれたエリーナにも迷惑を掛けますが、今後は私のやり方でラベルさんに私の想いを伝えて行こうと思います」

「でもマスターも言っていたじゃないですか、どうやったらいいのか解らないって」

「はい、その通りですが、今日ラベル様の話を聞いて、自分らしくあるのが一番だと思いました。確かに私は奥手でゆっくりですが、そういう何も偽らない本当の私をラベル様には知って貰いたいのです」

「でも、そんなにゆっくりしていたら、誰かにラベルさんを取られちゃうかもしれないよ」

エリーナは納得ができないといった感じだ。

「大丈夫です。ライバルは手ごわいですが、相手も私と殆ど変らない立場でしょうから、諦めるにはまだまだ早いです。それに……」

フランカはライバルの顔を思い出しながらそう告げた。

「それに？」

「それに……事前に作戦をしっかりと練って十分な準備をしてから挑めば、どんな強敵《どんかん》が相手でも勝機があると私は知りました。だから私に必要なのは勇気だけです」

自分で言った言葉が恥ずかしくて、フランカは頬を赤らめている。

「それって、デザートスコーピオンと戦う前にラベルさんが私達に教えてくれたことだよね？」

「ですね……私は恋も戦いと同じだと感じたので……」

恥ずかしそうにはしているが、フランカの表情には一切の不安が感じられなかった。

「何だか、マスターって変わったね」

フランカを見ていたエリーナが告げる。

「変わった？　私がですか？」

「うん、抗争が始まる前は、問題が起きるといつも不安そうにしていたけど、今は自信が溢れている感じに見える」

「うふふ、ありがとうございます。私が変われたのはきっとラベル様と出会ったからですね」

そう言い切ると、フランカは笑みを浮かべながら優雅にその場で回転してみせる。

その凛とした姿は、エリーナが今まで見た中で一番美しく輝いていた。

あとがき

おうすけです。

読者の皆様、この度は、【おっさんはうぜぇぇぇんだよ！ってギルドから追放したくせに、後から復帰要請を出されても遅い。最高の仲間と出会った俺はこっちで最強を目指す！】の三巻を手にとって頂きありがとうございます。

二巻の発売から三巻の発売まで、ずいぶんとお待たせを致しました。

いろいろありましたが、何とか無事に三巻を発売することができて、私も胸をなで下ろしています。

時間に余裕があったからではございませんが、手間暇を掛けることができ、とても面白く仕上がりました。

二巻でプロローグが終わり、この三巻から物語も動き始めました。

ラベル達はこれからも活躍していきますので、応援よろしくお願いします。

続きまして謝辞に移りたいと思います。

いつもご迷惑をお掛けしている担当の金子様、今回もお世話になりました。

無事に三巻を出せたのも、金子様のお陰だと思っています。

エナミカツミ先生。
今回も素晴らしいイラストを描いて頂き、ありがとうございます。
新キャラの2人が魅力的で、物語が何倍にも面白く感じました。
また新しいキャラをエナミ先生に描いて貰いたい欲が止まりません。
最後になりますが、四巻を出せるように引き続き頑張ります。
本当にありがとうございました。

BKブックス

おっさんはうぜぇぇぇぇんだよ！ってギルドから追放したくせに、後から復帰要請を出されても遅い。最高の仲間と出会った俺はこっちで最強を目指す！3

2021年10月20日　初版第一刷発行

著　者　おうすけ

イラストレーター　エナミカツミ

発行人　今 晴美

発行所　株式会社ぶんか社
〒102-8405　東京都千代田区一番町29-6
TEL 03-3222-5150（編集部）
TEL 03-3222-5115（出版営業部）
www.bunkasha.co.jp

装　丁　AFTERGLOW

編　集　株式会社 パルプライド

印刷所　大日本印刷株式会社

ISBN978-4-8211-4606-2

Printed in Japan